文春文庫

養生所見廻り同心　神代新吾事件覚

人　相　書

藤井邦夫

文藝春秋

目次

小石川養生所は、享保七年に町医者小川笙船《しょうせん》の建議を八代将軍徳川吉宗が採用し、小石川薬園に作った低所得の病人などを収容する施療院である。養生所には本道、外科、眼科があり、通いの患者はいうに及ばず、入室患者も大勢いた。町奉行所からは、養生所見廻り与力と同心が詰めて管理していた。

養生所見廻り同心　神代新吾事件覚・登場人物――――

神代新吾（かみしろしんご）

北町奉行所養生所見廻り同心。まだ若い新吾は、事件のたびに悩み、傷つき、周りの助けを借りながら、成長していく。病人部屋の見廻り、鍵の管理、薬煎への立会い、賄所の管理、物品購入の吟味など、様々な仕事をこなす。事件を扱う、定町廻り・臨時廻り・隠密廻りの〝三廻り同心〟になるのを望み、北町奉行所臨時廻り同心白縫半兵衛を深く信頼している。南蛮一品流捕縛術を修行する。

白縫半兵衛（しらぬいはんべえ）

北町奉行所の老練な臨時廻り同心。新吾の隣の組屋敷に住んでおり、〝知らぬ顔の半兵衛さん〟と渾名される。未熟な新吾のよき相談役でもある。風貌は何処にでもいる平凡な中年男だが、田宮流抜刀術の達人でもある。

浅吉（あさきち）

〝手妻〟の異名を持つ博奕打ち。元々は見世物一座で軽業と手妻を仕込まれた。旗本屋敷の中間たちのいかさま博奕をあばき、いたぶられていたところを、新吾に助けられ、その後、新吾のために働くようになる。いつも右手の袖口に剃刀を隠しているなど、謎多き人物。新吾は浅吉の過去や素姓を知らない。

小川良哲（おがわりょうてつ）

小石川養生所本道医。養生所設立を公儀に建白した小川笙船の孫であり、新吾とは幼馴染みの友人。

大木俊道（おおきしゅんどう）

小石川養生所の外科医。長崎で修行した蘭方医。

お鈴（おすず）

小石川養生所の介抱人。浪人の娘。良哲の許で産婆の修業をする。

宇平、五郎八（うへい、ごろはち）

小石川養生所の下働き。

風間鉄之助（かざまてつのすけ）

北町奉行所定町廻り同心。「今一つ真剣さと誠実さに欠ける」と、白縫半兵衛から評されている人物。

半次、鶴次郎（はんじ、つるじろう）

本湊の半次、役者崩れの鶴次郎。半兵衛と共に行動する岡っ引。

伝六（でんろく）

新吾、浅吉の行きつけの店、湯島天神男坂下の飲み屋『布袋屋』の亭主。

「神代新吾事件覚」江戸略地図

実際の縮尺とは異なります

この作品は「文春文庫」のために書き下ろされたものです。

養生所見廻り同心
神代新吾事件覚

人相書

第一話

秋の風

一

夏が終わり、秋の風が吹き始めた。

暮六つ（午後六時）の鐘が鳴り響いた。

北町奉行所養生所見廻り同心・神代新吾《かみしろしんご》は、小石川養生所を後にした。

五代将軍綱吉の白山御殿跡の旗本屋敷街を抜けて白山権現に出る。そして、追分で本郷の通りと合流する白山通りを南に進むと湯島だ。

新吾は、夕暮れの白山権現の脇を通り抜けようとした。

手を合わせた参拝客たちは、既に薄暗い白山権現の境内から足早に帰って行った。

新吾は、鳥居の前に近づいた。

不意に若い女が鳥居の陰から現れ、嬉しげな笑顔で新吾を見た。

新吾は戸惑い、足を止めた。

若い女は慌てた。慌てて嬉しげな笑みを消し、詫びるような眼差しで新吾に頭を下げた。

俺を待ち人と間違えた……。

若い女は紺の前掛をしており、お店か武家屋敷に奉公しているように見えた。

新吾は苦笑した。

新吾は、白山権現の鳥居の前を通り過ぎて振り返った。

若い女は鳥居の傍に佇み、夕暮れの街からやって来る筈の男を待っている。

逢引き……。

新吾は微笑み、白山の通りに向かった。

白山の通りを南に進むと、追分で本郷の通りと合流する。そして、尚《なお》も南に進むと湯島になり、神田川に出る。

新吾は、湯島天神男坂下の飲み屋『布袋屋』に急いだ。

不意に路地の暗がりから若い侍が現れ、新吾とぶつかりそうになった。

新吾は咄嗟に躱《かわ》し、若い侍と擦れ違った。

血……。

新吾は、思わず振り向いた。

若い侍は、足早に暗がりを去って行った。

血の臭いが微かに漂った……。

新吾は、暗がりに消えた若い侍の姿を探した。だが、夜の闇が広がっているだけだった。

気のせいか……。

新吾は眉をひそめ、白山の通りを追分に急いだ。

湯島天神門前の盛り場は、酔客と酌婦で賑わっていた。

新吾は、本郷の通りから切通しに入り、湯島天神の裏手に出た。そして、湯島天神脇を進み、男坂の下の飲み屋『布袋屋』の暖簾を潜った。

「おう、いらっしゃい」

飲み屋『布袋屋』の親父の伝六《でんろく》が、新吾を迎えた。

店内では、数人の人足や職人たちが楽しげに酒を飲んでいた。

「来てるかい……」

新吾は、板場の隣の小部屋を示した。

「ああ。で、腹の方はどうだい」

伝六は肯いた。

「美味い物、あるかな」

「任せておきな」

伝六は、新吾に徳利と猪口を渡し、楽しげに料理をし始めた。

「おう。待たせたな」

新吾は、徳利と猪口を手にして板場の傍の小部屋の板戸を開けた。

手妻《てづま》の浅吉《あさきち》が手酌で酒を飲んでいた。

「やあ……」

新吾は、浅吉の向かい側に座り、手酌で酒を飲み始めた。

浅吉は、子供の頃に見世物一座で軽業と手妻を仕込まれ、今では〝手妻〟の異名を持つ博奕打ちだ。

「それで浅吉。近頃、何か面白い事、あったか……」

新吾と浅吉は、月に何度か『布袋屋』で落ち合っていた。落ち合う理由は取り立ててなく、一緒に酒を飲むだけの事が殆どだった。それでも、新吾と浅吉は逢った。

馬が合う……。

新吾と浅吉は、同じ歳頃の若者として身分に関わらない親しさがあった。

「五日前の夜、谷中の鬼源《おにげん》の賭場が荒らされた」

浅吉は小さく笑い、猪口の酒を飲んだ。

「鬼源の賭場が賭場荒らしに遭った……」

新吾は眉をひそめた。

「ああ。鬼薊《おにあざみ》の源蔵《げんぞう》と云えば、浅草に引っ込み、幾つもの賭場を子分の代貸たちに任せている博奕打ちの大貸元だ。その賭場を荒らせば、鬼源は執念深く何処迄も追い掛け、必ず息の根を止めるって噂だ。そいつを荒らして五十両の金を奪った。良い度胸しているぜ」

浅吉は、面白そうに笑った。

「誰の仕業かな」

「覆面をした浪人だそうだ」

「覆面の浪人か。鬼源の賭場で負け込み、恨んでいたのかな」

新吾は首を捻った。

「負けて恨むぐらいなら、博奕なんかしちゃあならねえ」

浅吉は、嘲りを過ぎらせて云い切った。

「そりゃあ、そうだな……」

「ああ。所詮は博奕。儲けた処で泡銭。真っ当な金じゃあねえ……」

浅吉は、手酌で酒を飲んだ。

「じゃあ、鬼源の子分、その賭場荒らしの覆面の浪人を捜し廻っているのか……」

新吾は、猪口の酒をすすった。

「ああ。荒らされた谷中の賭場の代貸と子分が血相を変えてな……」

「賭場荒らしを捕まえて始末しなきゃあ、手前が鬼源に始末されるか……」

新吾は、吐息を洩らした。

「新吾さん、所詮、博奕打ちなんざ、世の中の裏で生きているはぐれ者。いきなり消えた処で誰も心配しねえ影みてえなもんさ」

浅吉は、自嘲の笑みを浮べた。

「そりゃあ、そうかもしれないが……」

新吾は、手酌で猪口に酒を満たした。

浅吉の云う事は分る……。

しかし、新吾の好奇心は募った。

「それにしても、賭場を荒らした覆面の浪人、どんな奴なのかな……」

新吾は、猪口に満たした酒をすすった。

「新吾さん。所詮はどっちもどっちの賭場荒らし。どうせ、真っ当な奴じゃあねえ」

浅吉は眉をひそめた。

「う、うん……」

新吾は苦笑した。

「おまちどお……」

伝六は、鯊《はぜ》の甘露煮と里芋の煮物を持って来た。

店に楽しげな笑い声が溢れた。


小石川養生所には、朝早くから通いの患者たちが訪れていた。

養生所見廻り同心は、賄所の管理、物品購入の吟味、病人部屋の巡視、薬煎立ち合いなどが役目である。

新吾は養生所の門を潜った。

「お早うございます」

門番を勤めていた下男の宇平《うへい》が、新吾を迎えた。

「やあ、宇平の父っつぁん……」

新吾は、宇平と朝の挨拶を交わして養生所に入った。

養生所の玄関には、通いの患者が診察の順番を待っていた。

新吾は、見廻役の詰所に入った。

「お早うございます……」

お鈴《すず》が、追い掛けるように詰所に現れた。

「やあ、お鈴さん、お早う……」

お鈴は、養生所の介抱人をしながら産婆の修業をしている者だった。

「新吾さん、俊道《しゆんどう》先生が宜しければちょいと来てくれと仰っていますが……」

「俊道先生が……」

新吾は眉をひそめた。

大木俊道は、長崎で修行をして来た腕の良い外科医だ。

新吾は、患者が途切れたのを見計らって俊道の診察室を訪れた。

「俊道先生……」

「やあ。お呼び立てして……」

「いえ。で、何か……」

「うん。それなのだが。昨夜、本郷の家におさよと申す娘が往診を頼みに来てね」

俊道の家は本郷菊坂にあり、妻子と共に暮らしている。

「おさよの家族、怪我でもしましたか……」

「ま、とにかく行ってみたのです。そうしたら、相良兵馬《さがらひょうま》と云う若い浪人が熱を出していましてね」

「熱……」

新吾は戸惑った。

熱なら、先ずは本道医（内科）に診て貰うのが普通だ。

往診を頼みに来たおさよは、大木俊道が外科医だと知らなかったのか……。

「それが、熱が出たのは左肩の傷が膿を持ったからでね」

「左肩の傷ですか……」

「うん。それも刀傷だった」

「刀傷……」

新吾は眉をひそめた。

「おそらく斬られた時、医者の治療を受けず、素人の手当で済ましたからだろうがね」

　俊道は睨んだ。

「成る程。で、その相良兵馬、何処に住んでいるのですか……」

「本郷の通りの鰻縄手《うなぎなわて》にある正妙寺の家作です」

　本郷の通りは、追分で白山の通りと別れる。その本郷の通りを進むと鰻縄手になり、道の左右に寺が並んでいる。正妙寺は、その並ぶ寺の一軒だ。

「正妙寺なら菊坂の俊道先生の家から遠くはありませんね」

「それで来たんだろうね……」

「で、俊道先生、往診を頼みに来たおさよは、相良兵馬の女房なのですか……」

「それが、いろいろ世話を焼いていたが、女房や兄妹ではないようだ」

　俊道は、小さな笑みを浮べた。

「じゃあ……」

「きっと、言い交わした仲かも……」

「成る程。それにしても何故……」

　新吾は、俊道が自分に伝える程の拘りが何処にあるのか分らなかった。

「そいつが新吾さん。帰る時、妙な男が正妙寺を窺っているのに気が付いてね」

俊道は眉をひそめた。

「妙な男……」

「うん。派手な半纏を着た町方の男で、遊び人と云うか博奕打ちと云うか……」

「相良兵馬を見張っていますか……」

「おそらく……」

俊道は肯いた。

新吾は、俊道が自分に伝えた理由を知った。

「分りました。ちょいと様子を見てみましょう」

「うん。造作を掛けて済まぬが、少々気になってね。よろしく頼むよ」

「心得ました」

新吾は引受けた。

正妙寺は、鰻縄手に並んでいる寺の端にあった。

新吾は、正妙寺の門前を窺った。

大木俊道の話では、遊び人風の男が窺っている筈なのだ。

新吾は、正妙寺の門前に遊び人を捜した。だが、遊び人らしき男はいなかった。

新吾は正妙寺の境内に入り、僅かな参拝客を見渡した。
参拝客に不審な者はいない……。
新吾は、本堂の裏手に廻った。
本堂の裏手には小さな家作があり、庭先に干された晒しが風に揺れていた。
新吾は家作を窺った。
縁側の障子の閉められた家作には、人のいる気配がした。
相良兵馬か……。
新吾は、家作の周囲を見廻した。
家作の横手に正妙寺の裏門があり、派手な半纏を着た男が潜んでいた。
遊び人か博奕打ち……。
新吾は、大木俊道の言葉を思い出した。
派手な半纏を着た男は何者で、どうして相良兵馬を見張っているのか……。
そして、浪人・相良兵馬とはどのような男なのだ……。
新吾に様々な想いが交錯した。
正妙寺の鐘が未の刻八つ（午後二時）を報せた。
派手な半纏の男は、身を翻して裏門を離れた。

どうする……。

新吾は、相良兵馬をこのまま見張るか、派手な半纏の男を追うか迷った。

迷いは一瞬だった。

新吾は、派手な半纏の男を追った。

新吾が派手な半纏の男を追って立ち去った後、家作の障子が音もなく開いた。

刀を手にした若い浪人が、厳しい面持ちで裏門を見つめた。

本郷の通りから白山権現に進み、浅嘉二丁目の手前の辻に出た。その辻を西に行くと白山権現であり、東に曲がると千駄木から谷中天王寺になる。

派手な半纏の男は、東に曲がって千駄木に進んだ。

新吾は追った。

派手な半纏を着た男は、千駄木の四軒寺町から団子坂を抜け、谷中天王寺の手前の寺町に入った。

新吾は、慎重に尾行を続けた。

派手な半纏の男は、寺町を抜けて谷中八軒町に進んだ。そして、通りに面した店に入った。

新吾は、物陰に潜んで見届けた。

派手な半纏を着た男の入った店の土間の長押《なげし》には、『鬼源』と書かれた提灯が幾つも掛けられていた。

鬼源の提灯……。

新吾は、その店が『鬼源』こと博奕打ちの貸元、鬼薊の源蔵の出店だと知った。

鬼源……。

新吾は、浅吉に聞いた話を思い出した。

谷中の『鬼源』の賭場が、賭場荒らしに金を奪われた。そして、代貸と子分たちが血相を変えて賭場荒らしを捜し廻っている。

半纏を着た男は、博奕打ち鬼源の身内なのか……。

新吾は、辺りを見廻した。

斜向かいの米屋の表で小僧が掃除をしていた。

新吾は駆け寄った。

米屋の小僧は驚き、新吾の顔と握らされた小粒を見比べた。

「腹が減った時、蕎麦でも食べるがいい」

新吾は笑った。

「は、はい。ありがとうございます」

小僧は、戸惑いながらも小粒を握り締めた。

「それで、あそこの鬼源の出店、仕切っているのは代貸だな」

「はい。富助《とみすけ》って代貸です」

「富助か……」

「はい」

小僧は、緊張した面持ちで肯いた。

「さっき、派手な半纏を着た奴が入って行ったが、そいつが誰か分るかな」

「派手な半纏の奴なら、きっと仙吉って子分です」

小僧は怯えを滲ませた。

「仙吉か……」

「はい。乱暴な奴です」

小僧は、口惜しそうに『鬼源』の出店を睨んだ。

正妙寺の家作で暮らす浪人、相良兵馬を見張っていたのは、仙吉と云う『鬼源』の身内だった。

「そうか……」

浪人・相良兵馬は、博奕打ち『鬼源』一家の者どもに見張られていた。

ひょっとしたら、鬼源の谷中の賭場を荒らしたのは相良兵馬なのか……。

それで、『鬼源』の子分の仙吉が、正妙寺の家作を見張っていたのかもしれない。

「あの、お侍さま……」

小僧は、小粒を握りしめて困惑していた。

「何だ……」

「そろそろ、店に戻らなきゃあ……」

小僧は、路地の向こうの米屋の表を心配げに見た。

「おう、そうだったな。よし、この事は内緒だ。誰にも云ってはならないぞ」

新吾は口止めした。

「は、はい」

小僧は、喉を鳴らして肯いた。

「うん。造作を掛けたな」

新吾は微笑み、小僧に礼を云って解放した。

小僧は小粒を握り締め、竹箒を持って米屋の裏に駆け去った。

新吾は、路地を出て『鬼源』の店を眺めた。

『鬼源』の店は、ひっそりと静まり返っていた。

何を企んでいるのか……。

新吾は、小さな嘲りを浮べた。


飲み屋『布袋屋』には、盛り場の酔客の高笑と酌婦の嬌声が聞こえていた。

『布袋屋』の僅かな客たちは、静かに酒を楽しんでいた。

「相良兵馬さんですかい……」

浅吉は酒をすすった。

「うん。鰻縄手の正妙寺の家作にいる浪人でな。鬼源の身内の仙吉って奴が見張っている」

新吾は告げた。

「仙吉か……」

「知っているのか」

「ああ。鬼薊の源蔵の代貸富助の子分だ」

「らしいな……」

新吾は、手酌で酒を飲んだ。

「そうか、富助と仙吉が動いているか……」

「うん」

「だったら、鬼源の谷中の賭場を荒らしたのは、相良兵馬さんって事かな」

浅吉は眉をひそめた。

「かもしれない……」

新吾は肯いた。

「で、どうする」

浅吉は、新吾を一瞥して酒をすすった。

「相良兵馬が気になってな……」

新吾が眉をひそめた。

「じゃあ、俺は富助や仙吉の動きを探ってみるか……」

「そうしてくれるか」

新吾は、嬉しげに笑った。

「ああ……」

浅吉は苦笑した。

二

正妙寺の境内には、子供たちの遊ぶ声が楽しげに響いていた。

新吾は、養生所外科医の大木俊道が用意した化膿止めの煎じ薬を持って正妙寺の門を潜った。

門前、境内、裏庭、裏門、そして家作の周り……。

新吾は仙吉を捜した。だが、仙吉の姿は何処にもなかった。

家作は障子を閉め切っていた。

「御免……」

新吾は、閉め切られた障子に声を掛けた。

「何方《どなた》ですか……」

家の中から若い男の返事がした。

「大木先生の使いの者です」

「大木先生の……」

「ええ」

「申し訳ありませぬが、戸口に廻って下さい」

「承知した」

新吾は、障子の前から横手の戸口に向かった。戸は開いていた。

「どうぞ、お上がり下さい」

座敷から若い男の声がした。

「お邪魔します」

新吾は座敷に上がった。

座敷では、相良兵馬らしき若い浪人が蒲団を片付けていた。

「そのままで……」

新吾は止めた。

「いえ……」

相良兵馬は、右手だけで蒲団を二つ折りにして壁際に押し付けた。

「不調法を申し訳ありません」

相良兵馬は詫びた。

「いいえ。私は北町奉行所養生所見廻り同心の神代新吾と申します。相良どのですね」

「はい。相良兵馬と申します」

兵馬は、躊躇いなく名乗った。

蒲団の傍らには刀が置かれていた。それは、襲われた時の備えに他ならない。

相良兵馬は、何者かに襲われる懸念を抱いている……。

新吾は睨んだ。

「如何ですか、傷の具合は……」

「お陰さまで熱も下がり、大分良くなりました」

兵馬は、小さな笑みを浮べた。

「そりゃあ良かった」

座敷には、煎じ薬と血膿の匂いが微かに漂っていた。

血の臭い……。

新吾は、相良兵馬が白山権現の近くで擦れ違った若い浪人だと気付いた。

「それで神代どの、大木先生の御用とは……」

「そうそう、化膿止めの煎じ薬を届けるように頼まれましてね。朝昼晩、湯呑茶碗に一杯飲むようにとの事です」

新吾は、化膿止めの煎じ薬を差し出した。

「わざわざ申し訳ありません」

兵馬は、煎じ薬を押し頂いた。

「いえ。処で相良さん、化膿した傷、刀傷だそうですが、その刀傷は……」

新吾は眉をひそめた。

「お恥ずかしい話ですが、過日、下谷広小路で博奕打ちの喧嘩がありましてね。止めに入ったのですが巻き込まれ、不覚にも……」

兵馬は、顔色も悪く窶《やつ》れた顔を僅かに歪め、恥ずかしそうに笑った。

「そうでしたか。下谷広小路でね……」

兵馬の説明が本当か嘘かは分らない。だが、新吾には真実とは思えなかった。

「はい……」

兵馬は肯いた。

戸の開く音がした。

「兵馬さん……」

若い女の兵馬を呼ぶ声がした。

「おお。おさよか、上がってくれ」

「はい」

上がって来たおさよは、新吾に気付いて慌てて跪いた。

「おさよ、こちらは北町の養生所見廻り同心の神代新吾どのだ。神代さん、こっちはおさよと申しましてね、何かと世話になっております」

兵馬の頬が僅かに赤らんだ。

「さよにございます」

おさよは、新吾に挨拶をした。

白山権現の鳥居の傍にいた若い女……。

新吾は気付いた。

やはりあの時、おさよは相良兵馬を待っていたのだ。

「神代新吾です。大木先生に頼まれて薬を届けに参った」

「それは御造作をお掛けしました。ありがとうございます」

おさよは、兵馬の身内のように新吾に礼を述べた。

「おさよ、済まぬが、急いで茶を淹れてはくれぬか……」

「あっ。はい。気付かぬ事で、すぐに……」

おさよは、台所に入って行った。

「間もなく引き上げます。構わないで下さい」

「良いではありませんか、神代さん」

兵馬は、窶れた顔に微笑みを浮べた。

おさよは、手早く土間の竈に火を熾して湯を沸かし、慣れた手際で茶の仕度を始めた。

家作の台所を使い慣れている……。

「おさよは、白山権現門前の茶店に通い奉公をしていましてね。時々、様子を見に来てくれるのです」

兵馬は、再び頰を僅かに赤らめた。

「そうですか……」

兵馬とおさよは、互いに慕い合う仲なのだ。

新吾は、思わず微笑んだ。

閉められた障子には陽差しが溢れ、舞い散る枯葉の影が映えていた。

谷中八軒町の『鬼源』の出店には、仙吉たち博奕打ちが出入りしていた。

浅吉は、出店の暖簾を潜った。

「邪魔するぜ」

「へい。どちらさまで……」

三下《さんした》の紋次《もんじ》が奥から出て来た。

「おう。紋次……」

「こりゃあ、浅吉さん……」

〝手妻の浅吉〟は、博奕も強く引き際も潔く、江戸の博奕打ちたちの間では知られた男だった。

「変わりはねえかい」

「へい。お陰さまで……」

「代貸、おいでかい」

「へい。代貸に御用ですか」

「ああ。逢えるかな」

「ちょいとお待ち下さい」

紋次は奥に入った。

浅吉は、上がり框に腰掛けて土間を見廻した。左右の長押に『鬼源』の提灯が並んでいた。

浅吉は、谷中の賭場の代貸富助を訪れ、賭場荒らしの侍の風体と探索の進み具合を見定めようとした。

「お待たせしました」

奥から紋次が戻って来た。

「どうぞ、浅吉さん」

「そうか。邪魔するぜ」

浅吉は框に上がった。

「浅吉さん、代貸、御機嫌斜めですから気を付けて下せえ」

紋次は、眉をひそめて囁いた。

「ああ……」

代貸の富助は、賭場荒らしを捕まえられず苛立っている。おそらく、貸元の鬼薊の源蔵に厳しく責め立てられているのだ。

浅吉は、密かに苦笑した。

縁起棚の灯明の火は瞬いていた。

代貸の富助は、肥った身体を長火鉢の前に据えていた。

「代貸、御無沙汰しておりやす」

浅吉は、丁寧に挨拶をした。

「やあ。浅吉さん、何か用があるそうだな」

富助は、不機嫌そうな面持ちで話を促した。

「へい。早速ですが代貸、谷中の賭場が荒らされたそうで……」

浅吉は声をひそめた。

「浅吉さん……」

富助は、暗い眼で浅吉を睨み付けた。

「代貸、賭場荒らし、どんな野郎ですかい」

「心当たりあるのか」

「代貸、わざわざからかいに来る程、人は悪くありませんよ」

浅吉は苦笑した。

「覆面をした背の高い野郎でな。単衣《ひとえ》に薄汚い袴。おそらく浪人だな」

「背の高い浪人……」

「ああ。いきなり飛び込んで来て、腕の立つ野郎だ。仙吉たちを叩きのめして金箱の五十両、掻っ攫いやがった……」

「で、今迄に浮かんだ野郎はいねえんですか」

「いるにはいるが、今一つはっきりしなくてな。で、浅吉さんの心当りってのは……」

富助は、浅吉を見据えて尋ねた。

子分の仙吉が、相良兵馬を見張っていたのは、賭場荒らしの確かな証がないからに他ならない。

「昨夜、浅草広小路の飲み屋で金廻りの良い若い浪人を見掛けましてね」

「金廻りが良いから賭場荒らしとは限らねえだろう」

富助は、浅吉に厳しい眼を向けた。

「仰る通りでしてね。代貸、金廻りの良い若い浪人、左肩に刀傷があるそうでして……」

浅吉は、富助の顔色を窺った。

富助は、左肩の刀傷と聞いて血相を変えた。

「左肩に刀傷だと……」

「ええ。酒を飲むと疼くとか云ってましてね。心当りありますかい」

「ああ。金を持って逃げる賭場荒らしに後ろから斬り付けて浅手を負わせ、叩き斬られた三下がいる」

「じゃあ、左肩の刀傷はその時に……」

浅吉は眉をひそめた。

「きっとな。で、浅吉さん、その野郎、何て名前だい」

「さあ……」

浅吉は首を捻った。

「じゃあ、浅草広小路の何て飲み屋にいたんだい」

「そいつが何て名前だったか、行きゃあ分るんですがね……」

浅吉は首を捻った。

谷中の賭場を荒らしたのは、相良兵馬なのかもしれない。

おそらく仙吉は、相良兵馬が左肩に怪我をしているのを知らないのだ。

「浅吉さん、今夜、その飲み屋に行っちゃあ貰えないかな」

それは、左肩に傷のある若い浪人が何処の誰か突き止めてくれと云う事だった。

「今夜ですか……」

浅吉は眉をひそめた。

「ああ。鬼薊の貸元が煩くてな。さっさと賭場荒らしを見つけて始末しなきゃあ、こっちの命が保たねえ」

富助は、恐ろしげに身震いした。

貸元鬼薊の源蔵は、下手を踏んだ子分に情け容赦はない。

富助は、源蔵の命令で下手を踏んだ子分を始末した事があり、その恐ろしさは嫌と云う程知っていた。

「どうだ。それなりに礼はするぜ」

「分りましたぜ」

浅吉は引受けた。

「そうか、ありがてえ。よろしく頼んだぜ」

富助は、嬉しげに手を叩いた。

紋次が、返事をして廊下に現れた。

「代貸、お呼びですか……」

「ああ。紋次、酒を持って来な」

「へい」

富助は、浅吉の口車に乗った。

浅吉は密かに嘲笑った。

正妙寺の家作を見張る者はいなかった。

新吾は、それを見定めて正妙寺の境内を出た。

「神代さま……」

おさよが追って来た。

新吾は戸惑った。

「私、茶店に戻るんですが、よろしかったら美味しいお茶は如何ですか」

「お茶……」

茶は相良兵馬の家で飲んだ。

「兵馬さんの処のお茶より、ずっと美味しいお茶です」

おさよは微笑んだ。

確かに相良兵馬の家の茶は、安物で決して美味くはなかった。そして、おさよは新吾に何か話があるようだった。

「そいつはいいな」

新吾は笑った。

白山権現の境内には参拝客が行き交っていた。

門前の茶店は、参拝を終えた老夫婦がのんびりと茶をすすっていた。

茶は美味かった。

新吾は、縁台に腰掛けて茶を飲んだ。

「茶代、置いておきますよ」

老夫婦が縁台から立ち上がった。

「ありがとうございました」

おさよは、帰って行く老夫婦を見送った。

茶店の客は、新吾だけになった。

「おさよ、流石に美味い茶だな」

「ありがとうございます」

「それで……」

新吾は、おさよに話を促した。

「えっ……」

おさよは、微かな迷いと躊躇いを過ぎらせた。

「何か話があると思ったんだが……」

新吾は、温くなった茶をすすった。

「はい……」

おさよは、不安そうに肯いた。

「相良兵馬さんの事だね」

「はい。神代さま、私のお父っつあん、今年の春、酔っ払って神田川に落ちて死にました」

「そいつは気の毒に……」

新吾は、おさよの唐突な話に戸惑いながらも同情した。

「それでお父っつあん、二十両もの博奕の借金をしていたのが分ったんです」

「博奕の借金……」

「はい……」

おさよは哀しげに肯いた。

「それで、博奕打ちが取り立てに来て、返せない時には私に身を売れと。そうしたら兵馬さんが……」

おさよに迷いが滲んだ。

「兵馬さんがどうしたのです」

　新吾は眉をひそめた。

「二十両と利息の十両、都合三十両ものお金を用立ててくれたんです」

　おさよは、覚悟を決めたように告げた。

「そいつは凄いな……」

　鬼源の谷中の賭場を荒らして奪った金……。

　新吾の直感が囁いた。

「はい。驚きました。神代さま、兵馬さんは三十両もの大金、どうしたんでしょう。それに、肩の刀傷。喧嘩に巻き込まれたって云っていますが。私、心配で、心配で……」

　おさよは涙ぐんだ。

　兵馬が持って来た三十両に、不吉なものを感じている。

「その辺の事、兵馬さんは何て云っているんだ」

「私、恐ろしくて……」

　おさよは、恐ろしげに身震いした。

「聞けないか……」

「はい。ひょっとしたら兵馬さん、私の為に何か悪い事をしたんじゃあないかと……」

おさよの眼から涙が零れた。

「おさよ、お父っつあんが借金を作ったのは、何処の賭場だい」

「鬼源って貸元の谷中の賭場だそうです」

「やっぱりね……」

新吾は、兵馬が『鬼源』の谷中の賭場を荒した理由を知った。

兵馬は、おさよの父親に博奕の借金を作らせた『鬼源』の谷中の賭場から金を奪い、取立ての博奕打ちに返したのだ。

新吾は、思わず苦笑した。

「あの、何か……」

おさよは戸惑った。

「いや。おさよ、兵馬さんに心配は無用だ」

新吾は励ました。

「本当ですか」

「ああ。俺が請け合う」

「良かった……」

おさよは、安心したように涙を拭った。

新吾は微笑んだ。


養生所の庭には洗濯された晒布や帷子《かたびら》が干され、風に揺れていた。

養生所に戻った新吾は、病人部屋の見廻りや薬煎の立ち合いなどに忙しかった。

そして、陽は西に傾いて申の刻七つ半（午後五時）になった。

退所の刻限だ。

新吾は、門番を勤めている下男の五郎八《ごろはち》に見送られて養生所を出た。

浅吉が現れて新吾に並んだ。

「急用か……」

湯島天神男坂下の『布袋屋』で落ち合う約束の浅吉が、小石川の養生所に来て退所の刻限まで待っていたのは、何か急な用件があるのに他ならない。

「ああ。頼みがあってね」

「頼み……」

「ちょいと芝居をして貰いてえんだ」

「芝居……」

　新吾は戸惑った。

「ああ……」

「芝居って、役者か……」

「ああ。そうだが、無理かな役者は……」

　浅吉は、新吾の顔を一瞥して苦笑した。

「そんな事はない」

　新吾は憮然とした。


　夜、大川には船行燈の灯りが行き交っていた。

　浅吉は、浅草広小路にやって来た。

「浅吉さん……」

　雷門の傍にいた紋次が駆け寄って来た。

「おう。紋次が来たのか……」

「へい。代貸の言付けで来たんですが、賭場を荒した野郎がいるとか……」

「まだ、そうと決まった訳じゃあねえ」

浅吉は苦笑した。

「へい。で、そいつが来る飲み屋ってのは何処ですかい……」

紋次は意気込んだ。

「まあ、落ち着きな……」

浅吉は、それとなく周囲を窺った。

男が暗がりに素早く入った。

仙吉……。

代貸の富助は、紋次を浅吉に付き合わせ、仙吉に密かに見張らせたのだ。

一癖も二癖もある疑り深い野郎だ……。

浅吉は嘲笑した。

三

浅草広小路の裏通りにある飲み屋は、雑多な客で賑わっていた。

浅吉と紋次は、飲み屋の片隅に座って酒を飲み始めた。

「浅吉さん……」

紋次は、楽しげに酒を飲んでいる客を厳しい眼で見廻した。

「焦るな。例の浪人は未だ来ちゃあいねえ」

「へい……」

「まあ、飲みな」

浅吉は、苦笑しながら紋次に酒を勧めた。

「こいつは畏れいります」

紋次は、嬉しげに猪口を差し出した。

浅吉は、紋次の猪口に酒を満たした。

紋次は酒を飲んだ。

「美味え……」

紋次は、口元を拭った。

「ま。ゆっくりやろうぜ」

「へい……」

浅吉は、酒をすすりながら店の中を窺った。

人足、お店者、職人、浪人……。

客の中に仙吉はいなかった。

仙吉は、店の表で出て来るのを待っていやがる……。

浅吉は睨んだ。

「いらっしゃい……」

店の若い衆が、入って来た客を迎えた。

客は浪人姿の新吾だった。

「浅吉さん……」

紋次は、緊張した面持ちで浅吉を窺った。

「ああ。野郎だ……」

浅吉は肯いた。

「やっぱり……」

紋次は、喉を鳴らして新吾を窺った。

新吾は、酒と肴を頼んで隅に座った。そして、左肩を気にしながら辺りを鋭く見廻した。

紋次は、慌てて眼を逸らした。

「どうだ。谷中の賭場を荒らした野郎に間違いねえか……」

浅吉は尋ねた。

「そいつが覆面をしていたので……」

紋次は、眉をひそめて首を捻った。

「ですが、きっとあいつに間違いありませんぜ」

紋次は、緊張に声を掠れさせた。

「おまちどお」

若い衆が、新吾に酒と肴を持って来た。

「おう……」

新吾は、手酌で酒を飲み始めた。

「さあて、どうするんだ」

浅吉は紋次に尋ねた。

「へい。代貸は浪人に賭場荒しを命じた奴がいるかもしれねえから、先ずは何処の誰か突き止めろと……」

代貸の富助は、浪人を只の賭場荒しだと思ってはいなかった。

「って事は、誰かが富助さんの代貸の座を狙っての仕業だってのかい」

浅吉は眉をひそめた。

「へい。代貸はそう思っているようです」

紋次は肯いた。

疑り深いのにも程がある……。

浅吉は嘲笑った。

四半刻が過ぎた。

新吾は、周囲の客に酒を振る舞い、賑やかに酒を楽しんでいた。

「仰る通り、金廻りが良さそうですね」

紋次は感心した。

「ああ……」

新吾は、楽しげに酒を飲み続けていた。

浅吉と紋次は、新吾を見守りながら酒を飲んだ。

半刻が過ぎた。

新吾は、空になった猪口を伏せた。

「浅吉さん……」

紋次は、新吾が帰ると睨んだ。

「どうやら、お開きのようだ」

浅吉は肯いた。

「じゃあ……」

紋次は腰を浮かした。

「ああ……」

浅吉と紋次は、金を払って先に飲み屋を出た。


裏通りは行き交う人も途絶えていた。

浅吉は、素早く物陰に仙吉を捜した。

仙吉は、斜向かいの路地に潜んでいた。

「浅吉さん……」

「うん……」

浅吉と紋次は、物陰に入って新吾が飲み屋から出て来るのを待った。

「毎度……」

新吾が、若い衆の賑やかな声に送られて飲み屋から出て来た。

浅吉と紋次は見守った。

新吾は、酔った足取りで裏通りから広小路に向かった。

まあまあの芝居だ……。

浅吉は苦笑した。

「浅吉さん……」

「よし。追うぜ」

「へい……」

浅吉は、紋次を促して新吾を追った。

新吾は、浅草広小路を横切って花川戸の町に入った。

浅吉と紋次は、新吾を慎重に追った。

花川戸町に入った新吾は、そのまま今戸町に向かった。

「今戸か……」

紋次は戸惑った。

「今戸がどうかしたのか」

「へい。鬼薊の源蔵貸元の家、今戸にありましてね」

「源蔵の貸元の家……」

浅吉は眉をひそめた。

「へい……」

紋次は、新吾の背を見据えながら肯いた。

新吾は、山谷堀に架かる今戸橋に差し掛かった。そして、今戸橋を渡って立ち止まり、振り返った。

浅吉と紋次は、素早く暗がりに潜んだ。

新吾は、追って来る者はいないと見定めて足早に歩き出した。

「紋次……」

「へい」

浅吉は、紋次を促して新吾を追った。

新吾は、足早に裏通りに進んだ。そして、黒塀の廻された仕舞屋《しもたや》の裏手の路地に入った。

浅吉と紋次は走り、路地を覗いた。

路地は暗く、新吾の姿は見えなかった。

浅吉と紋次は、暗い路地を小走りに通り抜けた。

暗い路地には誰もいなかった。

浅吉と紋次は立ち尽くした。

「このどっちかの家にはいったな」

浅吉は、路地の左右の家を見廻した。

「ええ。あっ……」

紋次は左右の家を見廻し、驚いたように喉を鳴らした。

「どうかしたかい」

「へ、へい。鬼薊の源蔵貸元の家です……」

紋次は、右にある黒塀に囲まれた仕舞屋を見て微かに声を震わせた。

「なに……」

浅吉は驚いた。

「ここは、鬼薊の貸元の家なんです」

黒塀の廻された仕舞屋は、博奕の貸元鬼薊の源蔵の家だった。

「間違いないのか……」

浅吉は念を押した。

「へい……」

紋次は肯いた。

「じゃあ、まさかあの浪人……」

浅吉は眉をひそめた。

「浅吉さん……」

「よし。とにかく引き上げるぜ」

「へい……」

浅吉は、紋次を促して浅草広小路に戻った。

仙吉が路地に現れ、黒塀に囲まれた鬼薊の源蔵の家を暗い眼で見つめた。そして、踵《きびす》を返して暗い路地から出て行った。

路地を挟んだ家の生け垣の木戸が開き、新吾が出て来て薄笑いを浮べて仙吉を見送った。

大川を行く船の櫓の軋みが、今戸町の夜の静寂に甲高く響いた。

行燈は仄かに辺りを照らしていた。

「鬼薊の貸元の家……」

富助は驚いた。

「へい。その浪人、裏路地に入って姿を消したんです」

紋次は肯いた。

「そこが、鬼薊の貸元の家の裏か……」

富助の眼に疑惑が滲んだ。

「へい。ひょっとしたら浪人、鬼薊の貸元の家に入ったんじゃあ……」

紋次は睨んだ。

「もし、そうだとしたらどうなる……」

富助は眉をひそめた。

「谷中の賭場荒し、只の賭場荒しじゃあねえのかもしれません」

「紋次、そいつは賭場荒しに鬼薊の貸元が絡んでいるって事か……」

「かもしれません」

紋次は、喉を鳴らして肯いた。

「貸元か……」

富助に怒りが浮かんだ。

「どうします」

「紋次、今戸の貸元の家、暫く見張ってみろ」

「へい。じゃあ、御免なすって……」

紋次は出て行った。

富助は、苛立たしげに手酌で酒を飲んだ。

「代貸……」

仙吉が現れた。

「おう……」

「へい。紋次の云う通り、賭場荒しの裏には何かありそうですぜ」

仙吉は、暗い眼を向けた。

「何かってのは何だ……」

「へい。ひょっとしたら鬼薊の貸元、代貸に下手を踏ませようとしているのかも……」

仙吉は、厳しさを滲ませた。

「俺に下手を踏ませる……」

富助は戸惑った。

「へい。そして、谷中の賭場を代貸から取り上げようとしているのかもしれませんぜ」

「どうしてだ……」

「鬼薊の貸元も七十歳近く、近頃は病がちと聞きます。代貸に取って代わられるのを恐れての所業……」

　仙吉は睨んだ。

「くそっ。爺……」

　富助は、怒りを露わにした。

「代貸、もし睨みの通りだったらどうします」

　仙吉の眼に狡猾さが過ぎった。

「一寸の虫にも五分の魂だ。黙ってやられてたまるか」

　富助は吐き棄てた。

　行燈の火は、油が切れたのか小さな音を鳴らして瞬いた。

　飲み屋『布袋屋』の小部屋には、酒の匂いが染み付いている。

「仙吉の野郎、見届けていったか……」

　浅吉は、苦笑しながら徳利を差し出した。

「うん……」

　着替えた新吾は、浅吉の酌を受けた。

「それで浅吉。富助たちは乗るかな……」

新吾は酒を飲んだ。

「ああ。上辺じゃあ親分子分だと云っているが、一皮剝けば薄汚ねえ悪党同士。腹の中じゃあ何を考えているか分かりゃあしねえ。ちょいと嗾《けしか》ければ、大騒ぎになるさ」

浅吉は嘲りを浮べ、手酌で酒を飲んだ。

「富助を鬼薊の源蔵に嚙み付かせて、出来るものなら共倒れにさせるか……」

新吾は、手酌で酒を飲んだ。

「所詮、博奕打ちなんぞ、俺を含めて世の中にいてもいなくてもいいろくでなし。共食いしてくれりゃあ世の為人の為だぜ」

浅吉は、自嘲の笑みを浮べた。

「上手く行けばいいがな」

「ああ……」

浅吉は、『鬼源』の谷中の賭場が荒らされたのを利用して、鬼薊の源蔵と代貸の富助を一緒に叩き潰す魂胆なのだ。

「で、鬼薊の源蔵に、富助の野郎が妙な動きをしていると垂れ込むか……」

新吾は苦笑した。

「せいぜい煽り立ててやるぜ」

浅吉は冷たく笑った。

「よし。富助も源蔵に見張りを付けただろう。そいつは俺がやるぜ」

新吾は、不敵に云い放った。


隅田川に落ち葉が流れた。

浅草今戸町の鬼薊の源蔵の家には、出入りする博奕打ちは少なかった。

代貸の富助の手下の紋次は、物陰に潜んで貸元鬼薊の源蔵の家を見張った。

「どうだ……」

仙吉が、紋次の背後にやって来た。

「へい。静かなものですぜ」

「例の浪人、いるのか……」

「そいつが分らないんでして……」

紋次は首を捻った。

「そうか……」

仙吉は、紋次と一緒に見張りに付いた。

黒塀で囲まれた源蔵の家は、表面的には隠居所のように静かだ。だが、家の中には、源蔵と古女房、数人の手下と用心棒の浪人たちがいるはずだ。

僅かな刻が過ぎた。

「兄貴……」

紋次は、緊張した顔で浅草広小路の方を示した。

浪人姿の新吾がやって来た。

「野郎ですよ」

「ああ……」

仙吉と紋次は、やって来る新吾を見守った。

新吾は、源蔵の家の前で立ち止まった。そして、鋭い眼差しで辺りを窺い、素早く黒塀の木戸を開けて入った。

「兄貴……」

「野郎、やっぱり貸元と繋がっていやがったか……」

仙吉は吐き棄てた。

「へい……」

紋次は、喉を鳴らして肯いた。

鬼薊の源蔵の家は静かだった。

新吾は、木戸を閉めて格子戸の前に佇んだ。

「どちらさんで……」

若い衆は、新吾が声を掛ける前に格子戸を開けて出て来た。

若い衆は、玄関脇の部屋から表を見張っていたのだ。

新吾は、若い衆の他に人の気配を感じ取っていた。

見張りは他にもいるのだ。

おそらく用心棒に違いない……。

新吾は睨んだ。

「通り掛かりの者だが……」

新吾は囁いた。

「へい……」

若い衆は、新吾を警戒の眼で見据えた。

「この家を見張っている者がいるぞ」

新吾は、眉をひそめて表を一瞥した。

「見張っている者……」

若い衆は緊張を浮べた。

「ああ。人相の悪いのが二人。盗人が押し込む時を窺っているのかもしれん」

新吾は、見張っていた仙吉と紋次に気が付いていた。

「本当ですかい……」

若い衆は、木戸の近くの黒塀に作られた覗き穴を覗いた。

見張り部屋に覗き穴……。

新吾は、博奕打ちの貸元鬼薊の源蔵の用心深さを知った。

「右の斜向かいの路地だ」

新吾は教えた。

若い衆は、覗き穴から右の斜向かいの路地を見た。

右の斜向かいの路地に、仙吉と紋次の姿が見えた。

「仙吉と紋次の野郎……」

若い衆は戸惑った。

仙吉と紋次は、源蔵の家を窺っていた。

「知り合いか……」

「えっ、ええ……」

「そうか、盗人じゃあないか。ま、充分に気を付けるのだな。ではな……」

新吾は、笑みを浮べて木戸を出た。

「御造作をお掛け致しました」

若い衆は新吾を見送った。

新吾は、通りに出て右の斜向かいの路地を一瞥した。

仙吉と紋次は、素早く路地奥に身を潜めた。

新吾は、苦笑して浅草広小路に戻った。

仙吉と紋次は、浅草広小路に向かって行く新吾を見送った。

「兄貴……」

「ああ。谷中の賭場荒し、貸元と関わりがあるのに間違いはねえ」

仙吉は、暗い眼で源蔵の家を睨み付けた。

「ええ……」

紋次は、怯えを過ぎらせた。

「よし。俺は浪人野郎を追う。紋次、お前はこの事を代貸に報せろ」

「へい……」

仙吉は新吾を追い、紋次は谷中八軒町に走った。

「仙吉と紋次だと……」

貸元鬼薊の源蔵は、筋張った首を伸ばし白髪眉をひそめた。

「へい。斜向かいの路地から見張っていました」

若い衆は、腹立たしげに告げた。

「甚八《じんぱち》、そいつはどうしてだ」

「さあ……」

甚八と呼ばれた若い衆は首を捻った。

「貸元、仙吉と紋次は、おそらく代貸の富助の指図で見張っていたはず……」

着流しの背の高い浪人が睨んだ。

「黒木さん、じゃあ富助が何か企んでいるってのかい」

源蔵は、用心棒である着流しで背の高い浪人黒木《くろき》誠一郎《せいいちろう》に聞き返した。

「そいつはまだ何とも云えぬが、富助は谷中の賭場荒らしをまだ捕まえてはおらぬ。貸元にその責めを取らされるのを恐れ、先手を打とうとしているやもしれぬ」

黒木は読んでみせた。

「先手……」

源蔵は困惑した。

「左様。責めを取らされる前に貸元を叩き潰す。違うかな」

「くそっ。富助の外道。代貸にして貰った恩義を忘れやがって……」

源蔵は、細く痩せた喉元を怒りに震わせた。

「どうします。貸元……」

甚八は、源蔵を窺った。

「富助が俺に刃向かうってのなら、息の根を止めてくれる迄だ」

源蔵は、皺だらけの顔に残忍な笑みを浮べた。

長火鉢に掛けられた鉄瓶が音を鳴らし、湯気が噴き上げた。

四

浅草広小路は大勢の人で賑わっていた。

新吾は、尾行して来る仙吉を意識しながら広小路を西に進んだ。

西に進むと東本願寺を始めとした寺町になり、上野寛永寺や下谷広小路に出る。

新吾は、浅草広小路を抜けて寺町に進んだ。

寺町の通りには僅かな人が行き交い、物売りの声が長閑に響いていた。

新吾は、振り向きもしないで進み、連なる寺の路地に入った。

仙吉は、足早に新吾を追い、土塀の陰から路地を覗いた。

次の瞬間、仙吉は胸倉を鷲掴みされ、路地に引き摺り込まれた。

仙吉は驚いた。そして、嘲笑う新吾の顔を見た。同時に、鳩尾《みずおち》に鋭い痛みを覚え、目の前が暗くなって意識が消えた。

新吾は、当て落した仙吉を路地の奥に引き摺り込んだ。

気を失った仙吉は、だらしなく引き摺られて茂みに放り出された。新吾は、薄笑いを浮べて脇差を抜き、仙吉の髷を切り落した。


谷中八軒町の『鬼源』の出店は、緊張感に包まれていた。

浅吉は、物陰に潜んで出店を見張った。

浅草今戸町の『鬼源』の家を見張っていた紋次が、汗を拭いながら駆け込んで行った。

新吾が動いた……。

紋次が、出店に駆け戻って来たのはその結果なのだ。

浅吉は、嘲りを過ぎらせた。

「やはり賭場荒しの浪人、貸元の家に出入りしていたか……」

代貸の富助は、暗い眼で紋次を見つめた。

「へい。それで、仙吉の兄貴が浪人を追いました」

紋次は報せた。

「そうか……」

「代貸、やっぱり鬼源の貸元、賭場荒らしを企んで代貸を叩き潰す口実を作ったんですよ」

紋次は、腹立たしげに決め付けた。

「ああ……」

富助は、暗い眼に怒りを滲ませた。

「じゃあ……」

「殺られる前に殺るしかあるめえ……」

富助は、殺意を露わにして吐き棄てた。

「ですが代貸。貸元の傍には、いつも用心棒の黒木の旦那がいます。滅多な事じゃあ……」

紋次は眉をひそめた。

「黒木か……」

「へい。金さえ貰えば、子供でも容赦しねえ人斬り。どうやって片付けます」

「紋次、そいつは黒木の弱味に付け込むしかあるめえ」

「弱味ですかい」

「ああ……」

富助は嘲笑を浮べた。


鰻縄手正妙寺の境内には、遊ぶ子供たちの楽しげな声が響いていた。

相良兵馬は、本堂の階《きざはし》に腰掛けて賑やかに遊ぶ子供たちを眺めていた。

左肩の傷からは膿も出なくなり、何かの拍子で痛みを感じる程度になった。

賭場荒しだって出来る……。

相良兵馬は、左肩を廻しながら笑みを浮べた。

賭場は、一度や二度の賭場荒しで潰れはしない。現に『鬼源』の谷中の賭場は、何事もなかったかのように開帳している。

賭場を開帳するのを諦めるまで荒らす……。

兵馬は、眩しげに境内を眺めた。

遊んでいた子供たちは、歓声を上げて境内から駆け去って行った。

静けさが訪れた。

「やあ。ここでしたか……」

本堂の裏手から新吾がやって来た。

「これは神代どの……」

兵馬は立ち上がった。

「そのままで……」

新吾は、兵馬の隣に腰掛けた。

「どうです。傷は……」

「お陰さまで良くなりました」

兵馬は笑みを浮べた。

「そいつは何よりです」

「明日にでも、大木先生にお礼を申し上げに養生所に伺おうかと思っていた処です」

「そうでしたか……」

「それで、今日は何か……」

「いえ。ちょいと通り掛かったものでしてね」

新吾は笑った。

「そうでしたか……」

「相良さん。今、博奕打ちのような男が、裏門の処でうろうろしていましたが、そんな知り合いはいますかね」

新吾は鎌を掛けた。

「博奕打ち風の男……」

兵馬は眉をひそめた。

「ええ。派手な半纏を着た男です」

新吾は、仙吉を思い浮かべた。

「いいえ。そんな知り合いはいません……」

兵馬は、厳しい面持ちで否定した。

「それなら良いですが。何でも谷中に賭場荒しが現れたそうでしてね。博奕打ちたちが眼の色を変えて探しているとか。関わり合いにならないように気を付けるんですね」

新吾は、傷の癒えた兵馬にそれとなく釘を刺した。

「はい……」

兵馬は肯いた。

新吾の勧め通り、大人しくしているべきなのかもしれない。しかし、『鬼源』の賭場の博奕打ちどもが、浮き足立っているのは確かだ。

二度目の賭場荒しは、早い方が効果的なのだ……。

兵馬は、様々な想いに囚われた。

秋風が吹き抜け、木々の梢から枯葉が舞い散った。


代貸の富助は動いた。

谷中の『鬼源』の出店を出た富助は、紋次を従えて浅草に向かった。

浅草今戸町の鬼源の処に行くのか……。

浅吉は尾行した。

富助は、紋次を従えて根岸から三ノ輪町に抜け、山谷堀沿いの日本堤を浅草今戸町に向かった。

日本堤の途中には吉原があり、昼間から賑わっていた。

富助と紋次は、山谷堀に架かる今戸橋の袂に出た。

今戸橋を渡れば今戸町であり、渡らずに隅田川の流れに沿って進めば浅草広小路になり、途中に花川戸町がある。

富助は、紋次に何事かを囁いた。

紋次は頷き、小走りに今戸橋を渡って行った。

富助は見送り、浅草広小路に向かった。

浅吉は、富助を尾行した。

富助は、浅草広小路の手前の花川戸町に進み、吾妻橋の袂の船宿に入った。

只の船遊びなのか、それとも誰かと落ち合うつもりなのか……。

浅吉は、船宿の表と船着場の見える物陰に潜んだ。

僅かな刻が過ぎた。

紋次が、背の高い着流しの浪人と今戸町からやって来た。

黒木誠一郎……。

浅吉は、紋次と共に来る浪人が、源蔵の用心棒の黒木誠一郎だと気付いた。

黒木は、紋次と一緒に富助のいる船宿に入った。

富助は、紋次に命じて黒木を呼び出した。

浅吉は睨んだ。

富助が、源蔵の用心棒の黒木誠一郎に何の用なのだ……。

浅吉は戸惑った。


切り餅二つが差し出された。

黒木誠一郎の眼が鋭く輝いた。

「如何ですか……」

富助は、黒木の腹の中を見抜いたように笑い掛けた。

紋次は戸口に控え、富助と黒木の遣り取りを見守っていた。

「五十両、くれるのか……」

黒木は苦笑した。

「はい……」

　富助は、笑顔で肯いた。

「その代わり、寝返って貸元の源蔵を斬れと申すのか……」

　黒木は、冷笑を浮べて富助を見据えた。

「そうしてくれれば一番ですが、五十両を持ってこのまま消えて戴いても結構ですぜ」

　富助は、黒木誠一郎の弱味を衝いた。

「そいつはいいな……」

　黒木は、鼻先に笑みを過ぎらせた。

「ええ。鬼源の貸元は、確か月に五両の給金に一人二両の人斬り手当て。そいつよりは良いと思いますぜ」

　富助は、薄笑いを浮べた。

「まあな……」

　黒木は肯いた。

「じゃあ、黒木の旦那……」

　富助は、身を乗り出した。

「うむ……」

黒木は、二つの切り餅を鷲摑みにして懐に入れた。

「恩に着ますぜ」

富助は、顔を綻ばせた。

「金で買われている身。一文でも高値で売るのが商いの常道と云えよう」

「左様で……」

富助は、安心したように肯いた。

「良かったですね、代貸……」

紋次は喜んだ。

「ああ……」

「鬼薊の貸元、驚きますぜ」

「紋次。所詮、俺たちは世間の裏側に吹き寄せられた半端者。信じているのは己だけ。鬼源も別に驚きはしないだろう」

黒木は冷めていた。

「ま、いずれにしろ、黒木の旦那が付いていなきゃあ、鬼薊の源蔵も只の痩せた爺だ。これで妙な手出しはして来ねえだろうが、早々にけりをつけてやる」

富助は、残忍な笑みを浮べた。

富助と黒木誠一郎は何をしているのか……。

浅吉は、微かな苛立ちを覚えた。

黒木誠一郎が、紋次と船宿から出て来た。

浅吉は見守った。

「それじゃあ黒木の旦那……」

紋次は、黒木に頭を下げた。

「うむ。首尾良く行くと良いな」

「へい。お達者で……」

黒木は、紋次に見送られて浅草広小路の雑踏に入って行った。

黒木誠一郎は、源蔵を裏切って立ち去って行った……。

浅吉は睨んだ。

おそらく黒木は、富助に金で横面を張られたのだ。

代貸の富助は先手を打った……。

所詮、恩もなければ義理もない外道の世渡りなのだ。

浅吉は嘲笑った。

富助は、紋次を鬼薊の源蔵の家の見張りに残し、来た道を谷中に戻った。

浅吉は追った。

富助は、子分たちに迎えられて谷中の出店に入った。

貸元の鬼薊の源蔵に対する第一の攻撃は、凄腕の用心棒の黒木誠一郎を金で寝返らせる事だった。

富助の次の一手は何か……。

それとも、鬼薊の源蔵が逆襲するのか……。

どっちにしても面白い……。

浅吉は、事の成り行きを楽しんだ。

「富助、何処に行って来たんだ」

新吾が隣に現れた。

「今戸の鬼源の処だ……」

「まさか、手打じゃあないだろうな」

新吾は眉をひそめた。

「ああ。心配するな……」

浅吉は苦笑し、富助が先手を打ったのを教えた。

「富助、抜け目のない奴だな……」

新吾は感心した。

「で、そっちはどうした……」

新吾は、尾行して来た仙吉の髷を切り落とした事を告げた。

「そいつはいい……」

浅吉は笑った。

「浅吉。今夜も富助を煽ってやるぜ」

新吾は、不敵に云い放った。

富助は、仙吉の髷を切られた頭を小馬鹿にしたように一瞥した。

仙吉は項垂れた。

「それで、賭場荒しの浪人に髷を切り落された挙げ句、逃げられたって訳か……」

「へい。面目ありません……」

仙吉は、恥ずかしさと口惜しさに塗れていた。

用心棒の黒木誠一郎は金で始末したが、まだ谷中の賭場を荒らした若い浪人がいる。

富助は、黒木を寝返らせた高揚感を引き締めた。

「仙吉、暫く賭場に詰めていろ」

富助は命じた。

「はい……」

仙吉は、悄然と肯いた。

富助は嘲笑した。

天王寺の鐘が暮六つを報せた。


谷中天王寺の裏手にある長明寺は、古い小さな寺だった。

檀家も少ない長明寺は、裏庭の家作を博奕打ちの貸元の鬼薊の源蔵に貸した。

鬼薊の源蔵は、家作を賭場にして代貸の富助に預けていた。

茶店に奉公しているおさよの父親は、その長明寺の賭場で借金を作って死んだ。

富助は、おさよを父親の残した借金の形として女郎屋に売り飛ばそうとした。

相良兵馬は、長明寺の賭場を荒らして金を奪った。そして、奪った金で富助配下の取り立て人に借金の返済をした。

長明寺の賭場は、賭場荒しに遭ってからも毎晩開帳していた。

日が暮れ、長明寺の賭場に客が訪れ始めた。

代貸の富助は、手下たちに厳しく警戒するように命じた。

「こりゃあ手妻の兄い……」

「おう。遊ばせて貰うぜ」

浅吉は、三下に迎えられて賭場にあがった。

賭場は、客たちの熱気と欲に満ち溢れていた。

浅吉は、胴元の座にいる富助に挨拶をした。

「代貸、今夜は遊ばせて貰います」

「おお。浅吉さん、お手柔らかに頼むぜ」

富助は笑った。笑いは、緊張感が含まれた複雑なものだった。

浅吉は、盆茣蓙《ぼんござ》の端に座って駒を張った。

緊張に満ちた刻が流れた。

浅吉は、大勝ちをせず僅かに勝ち続けた。

刻は過ぎた。

浅吉は、盆茣蓙を離れ、次の間で酒を飲んで一息入れた。
賭場には様々な客が出入りしていた。
富助や仙吉たち博奕打ちの警戒心は、刻が過ぎると共に薄れていった。
後半刻も過ぎれば、町木戸の閉まる亥の刻四つ（午後十時）になる。
そして、新吾が来る……。
浅吉は、酒をすすりながら亥の刻四つを待った。
「賭場荒しだ」
家作の表に、男たちの怒号が交錯した。
次の瞬間、表を警戒していた三下が、悲鳴を上げて転げ込んで来た。
浅吉は、咄嗟に壁際に寄った。
亥の刻四つにはまだ早い……。
浅吉は戸惑った。
覆面で顔を隠した浪人が、粗末な袴を翻して飛び込んで来た。
違う……。
浅吉は、賭場荒しの覆面の浪人が新吾でないのに気付いた。
客たちは悲鳴を上げて逃げ惑い、富助たち博奕打ちは身構えた。

「ぶち殺せ……」

富助は、顔を怒りに歪めて叫んだ。

仙吉たち博奕打ちは、賭場荒しの覆面の浪人に襲い掛かった。

覆面の浪人は、仙吉たち博奕打ちを殴り飛ばして燭台を蹴倒した。燭台は転がって蠟燭の火が消え、賭場は暗闇に包まれた。

暗闇に男たちの怒号と悲鳴が上がり、殴り蹴る音が響いた。そして、壁や床に激突する音が鳴り、家作が激しく揺れた。

「野郎……」

富助の悲鳴のような怒号が飛び、小判の散らばる甲高い音が鳴り響いた。

刹那、新たな風が渦巻き、刃の煌めきが瞬いた。

新たな人間が現れた……。

肉を断つ音が闇に鳴り、血の臭いが湧いた。そして、富助と仙吉たち博奕打ちの苦しげな呻き声が洩れた。

浅吉は、転がっていた蠟燭に火を灯した。

仄かな明かりが、血を流して絶命している富助と仙吉を照らし、対峙している覆面の浪人と黒木誠一郎を浮かび上げた。

黒木は、寝返ってはいなかった。

代貸の富助から五十両を貰い、貸元の鬼薊の源蔵から月々五両の手当てを受けるのが一番良いのだ。

黒木の選ぶ道は一つしかない。

代貸の富助は、騙されて死んでいった。

間抜けな野郎だ……。

浅吉は哀れんだ。

「おぬしが賭場荒しか……」

黒木は、冷笑を浮べて覆面の浪人に迫った。

覆面の浪人は後退りした。

剣の腕は、覆面の浪人より黒木が上だった。

覆面の浪人は、懸命に間合いを保った。

黒木は、構わず間合いを詰めた。

覆面の浪人は、壁際に追い詰められた。

黒木は、誘うように笑い掛けて間合いを詰めた。

覆面の浪人は、猛然と黒木に斬り込んだ。

黒木は、覆面の浪人の斬り込みを受け流し、横薙ぎの一刀を放った。

覆面の浪人は脇腹を斬られ、血を飛ばして前のめりに崩れた。

「賭場荒しもこれ迄だな……」

黒木は残忍な笑みを浮べ、覆面の浪人に止めを刺そうとした。

浅吉が、咄嗟に湯呑茶碗を黒木に投げ付けた。黒木は刀を一閃した。湯呑茶碗の砕け散る音が響いた。

「邪魔するな、下郎……」

黒木は、浅吉に迫った。

次の瞬間、新吾が暗がりから現れ、黒木に飛び掛かった。

黒木は、咄嗟に刀を斬り下ろした。新吾は素早く床を転がって躱し、黒木の足元に猛然と迫った。黒木は、戸惑い焦った。刹那、新吾は下から黒木の股間に手を伸ばし、睾丸を鷲摑みにして握り締めた。

黒木は、激痛に思わず声を漏らして立ち竦んだ。

南蛮一品流捕縛術《なんばんいっぽんりゅうほばくじゅつ》の見事な早業だった。

新吾は、握り締めた睾丸を鋭く捻った。

黒木は五体を跳ね上げ、呻き声を上げて悶絶した。

新吾は、悶絶した黒木に素早く捕り縄を打った。

浅吉は、息を荒く鳴らしている賭場荒しの覆面を外した。

賭場荒しは相良兵馬だった。

兵馬の脇腹の傷は深手だった。浅吉は、流れ出る血を必死に止めようとした。

黒木を縛り終えた新吾が、浅吉と兵馬の許にしゃがみ込んだ。

「傷の具合は……」

浅吉は、眉をひそめて首を横に振った。

「そうか……」

「か、神代どの……」

兵馬は、苦しげに声を嗄らした。

「しっかりしろ、相良さん」

「おさよに……」

兵馬は、苦しく咳き込んで血を飛ばした。

「おさよに、約束を破って済まないと……」

兵馬は、哀しげに顔を歪ませて息絶えた。

「相良さん……」

新吾は項垂れた。

「新吾さん……」

「俺がもっと早く賭場を荒らしていれば、相良兵馬は死なずに済んだのかも……」

新吾は、亥の刻四つに賭場荒しに踏み込む手筈だった。だが、その前に兵馬が賭場を荒しに現れた。

新吾は悔んだ。

「新吾さん、とにかく此処を出よう」

「うん……」

新吾は、兵馬の遺体を背負い、浅吉と共に長明寺の賭場を出た。

月明かりは、連なる寺の甍を青白く照らしていた。

淋しい弔いだった。

新吾は、正妙寺の住職に頼んで相良兵馬の弔いをした。

住職と小坊主の経は続いた。

おさよは、大粒の涙を零してすすり泣いた。

新吾は、おさよに兵馬の最後の言葉を伝えた。

約束を破って済まない……。

おさよは、泣き腫らした眼を新吾に向けた。

「うん。おさよ、約束とは何だ……」

「兵馬さん、来年の春、所帯を持とうと約束してくれたんです……」

「所帯……」

相良兵馬とおさよは、所帯を持つ約束をしていた。

「そうか……」

新吾は、兵馬がおさよに詫びた理由を知った。

おさよは、涙を零し続けた。

新吾とおさよだけが参列した弔いは、淋しく続いた。

新吾は、北町奉行所臨時廻り同心の白縫半兵衛《しらぬいはんべえ》に一件の事の次第を報せた。

「ほう。そんな事があったのかい……」

半兵衛は驚いた。

「はい」

「で、博奕打ちの富助や仙吉たちを殺したのは、鬼薊の源蔵の用心棒の黒木誠一郎なのに間違いないんだな」

半兵衛は、新吾に念を押した。

「はい」

「よし。じゃあ、これから浅草今戸の源蔵の家に行ってみるか……」

半兵衛は、まるで遊びにでも行くかのような口振りで立ち上がった。そして、岡っ引の本湊《ほんみなと》の半次《はんじ》と鶴次郎《つるじろう》を従え、新吾と共に浅草今戸町に向かった。

半兵衛は、浪人の黒木誠一郎を富助や仙吉を殺した下手人として捕らえた。そして、貸元の鬼薊の源蔵を黒木に殺しを命じた罪でお縄にした。

半兵衛は、寺を支配している寺社奉行に報せ、配下の寺社役小検使と共に『鬼源』一家の寺の賭場を一斉に襲った。

鬼薊の源蔵が、代貸たちに預けてあった寺の賭場はすべて崩壊した。

正妙寺の墓地には、線香の香りと紫煙が漂っていた。

新吾は、相良兵馬の墓に向かった。

兵馬の真新しい墓の前では、おさよが額ずいていた。

新吾は立ち止まり、額ずくおさよを見守った。
おさよは、華奢な肩を小刻みに震わせていた。
秋風が吹き抜け、枯葉が音もなく舞い散った。
季節は巡る……。
新吾は踵を返した。
鬢の解れ髪が秋風に揺れた。

第二話
人相書

一

秋は深まり、養生所下男の宇平は門前の落ち葉の掃除に忙しかった。

男たちの掛け声と大八車の車輪の音が近づいて来た。

宇平は、怪訝に竹箒を持つ手を止めた。

大工や左官たち職人が、大八車に怪我人を乗せて駆け寄って来た。

「おう。どうしたぁ」

宇平は、大八車を引いて来る職人たちに声を掛けた。

「父っつあん、屋根から落ちた怪我人だぁ」

職人の一人が叫び返した。

怪我人となれば外科の扱いだ。

養生所は、本道（内科）が二人、外科が二人、眼科が一人の五人の医師が本勤の定員だ。

今、外科は大木俊道が診察を行っている。

大木俊道は、長崎で蘭方を修行した江戸でも指折りの外科医だ。

「俊道先生、屋根から落ちた怪我人です」

宇平は、竹箒を担いで門内に走った。

職人たちは、怪我人を乗せた大八車を引いて続いた。

掃き集められた落ち葉が乱れ散った。

北町奉行所養生所見廻り同心の神代新吾は、宇平の声に役人部屋を出て玄関に急いだ。

介抱人と職人たちが、怪我をした屋根職人を俊道の診察室に担ぎ込んでいた。

「普請場の屋根から落ちたのか……」

新吾は、心配そうに見守っている『大総』の屋号の入った半纏を着た男に尋ねた。

「へ、へい……」

半纏を着た男は眉をひそめ、白髪の混じった頭を上下させた。

見覚えのある顔……。

新吾は、不意にそう思った。

白髪の混じった頭の男は、心配そうに屋根職人の入った診察室を見つめた。

「大した怪我じゃあなければいいな」

「へい……」

「処でお前は大総の者か……」

『大総』は、大工の棟梁の総兵衛の店であり、上野元黒門町にあった。

総兵衛は、古参の弟子を棟梁にした大工の組を幾つか持ち、様々な普請を請負っていた。白山権現門前の料理屋の普請もその一つであり、若い棟梁の修吉《しゅうきち》が率いる組の扱いだった。

「へい。下働きにございます」

「名は何と申す」

「作造《さくぞう》にございます」

作造と答えた白髪混じりの男は、微かな怯えを過ぎらせた。

「そうか。下働きの作造か……」

下働きは、普請場の掃除や片付け、大工たち職人の昼飯や茶の仕度などの雑用が仕事だ。

棟梁の修吉たち職人が、俊道の診察室から出て来た。

「どうですか、棟梁……」

作造が尋ねた。

「命に別状はねえが、左脚の骨を折り、頭を打っているそうだ」

修吉は眉をひそめた。

「左脚ですか……」

「うん。先生は左脚の骨が折れたのより、頭を打ったのが心配だと仰ってな」

修吉は、深々と吐息を洩らした。

大木俊道は、屋根職人の骨の折れた脚に添え木を当て、打った頭の様子を診る為に暫く養生所に入室させる事にした。

棟梁の修吉たちと作造は、屋根職人を残して養生所から帰った。

新吾は見送った。

作造は振り返り、新吾に深々と頭を下げて修吉たちの背後について行った。

見覚えのある顔……。

新吾は、思い出せなかった。

外濠に落ち葉が舞い散った。

新吾は、北町奉行所に立ち寄って同心詰所を覗いた。

臨時廻り同心の白縫半兵衛が、出涸しの茶をすすっていた。

「おう。新吾じゃあないか……」

「半兵衛さん、いてくれて良かった」

白縫半兵衛は、〝知らぬ顔の半兵衛〟の異名を持つ老練な同心であり、新吾の組屋敷の隣に住んでいた。

「どうかしたのか……」

「ええ。実は……」

新吾は、大工『大総』の下働きの作造の事を話した。

「作造ねえ……」

「ええ。何処かで見た顔だと……」

「ひょっとしたら人相書で見たかな」

半兵衛は、鋭い睨みを見せた。

「かもしれません」

新吾は肯いた。

新吾は、半兵衛と共に人相書を調べた。

「こいつかな……」

新吾は、首を捻りながら一枚の人相書を半兵衛に差し出した。

人相書には、作造に似た中年男の顔が描かれていた。

「錺《かざり》職の文平《ぶんぺい》。昔作られた名品の贋物を作り、好事家に高値で売り捌いた……」

半兵衛は、人相書に書かれている事を読んだ。

「贋物作りですか……」

「うん。作造、この錺職の文平に似ているんだな」

「はい。この文平を老けさせた感じです」

新吾は、その人相書が出された時、見ていたのだ。

「そうか。こいつは去年の事件で、定町廻りの風間《かざま》が扱った筈だよ」

「風間さんですか……」

新吾は眉をひそめた。

定町廻り同心の風間鉄之助《てつのすけ》は、探索に手を抜くと密かに噂されていた。

「うん……」

「どんな事件ですか……」

「確か好事家が神君家康公愛用の銀香炉を高値で手に入れたが贋物だと気付き、

売った茶道具屋を訴えた。だが、茶道具屋は修理を頼んだ錺職の文平がすり替えたと云ってな。風間がすぐに捕らえようとしたんだが、文平は逸早く姿を消してしまった……」

半兵衛は、冷えた出涸しの茶で喉を潤した。

「それでお尋ね者となり、人相書が作られましたか……」

「うん。大総の下働きの作造か……」

「はい。瓜二つとは云えませんが、良く似ています」

新吾は、錺職の文平の人相書を見つめて肯いた。

「そうか、良く似ているか……」

半兵衛は眉をひそめた。

「ええ……」

「調べるのなら、先ずは作造の素性だな」

「はい……」

新吾は肯いた。

白山権現門前の料理屋普請は、若い棟梁の修吉たち職人がそれぞれの仕事に忙しく働いていた。

下働きの作造は、材木の切り屑を掃き集めたり、湯を沸かしたりしていた。その働き振りは真面目なものだった。

「悪事を働くような奴には見えないな……」

新吾は、手妻の浅吉と共に物陰に潜み、作造の働き振りを見守った。

「人なんぞ、上辺と中身は違うもんだ。腹の中じゃあ何を考えているのか……」

浅吉は、作造に醒めた眼を向けた。

新吾は、浅吉に錺職の文平の事件を教え、作造の仕事振りを見に来ていた。

「じゃあ浅吉、後は頼む」

「ああ。任せておけ」

浅吉は引受けた。

新吾は、作造の見張りを浅吉に頼み、上野元黒門町に向かった。

下谷広小路は、上野寛永寺の参詣客や不忍池《しのばずのいけ》に来た人たちで賑わっていた。

大工『大総』は、上野元黒門町に店を構えていた。大棟梁の総兵衛は、古参の弟子を棟梁とした四つの組を抱え、江戸各所の普請場を任せていた。

新吾は、『大総』の様子を窺った。

『大総』の裏手には作業場があり、材木の切り込みが行われていた。

新吾は、垣根越しに作業場を窺った。

作業場には白髪髷の老人がおり、大工たちの相談に乗ったり、指示を出したりしていた。

大工『大総』の主の総兵衛……。

新吾は見定めた。


半刻が過ぎ、昼飯時になった。

新吾は、総兵衛を訪れた。

総兵衛は、新吾を座敷に迎えた。

「大総の主の総兵衛にございます」

「北町奉行所養生所見廻り同心の神代新吾です。急に訪れ、申し訳ありません」

「いいえ。御用とは、普請場の屋根から落ちた松吉《まつきち》の事でしょうか」

総兵衛は、心配げに白髪眉をひそめた。

「ええ。大木俊道先生の見立てでは、松吉の打った頭に変わった事はなく、後は左脚の骨が付くのを待つだけだそうです」

新吾は、大木俊道の見立てを伝えた。

「それは良かった。安心致しました」

総兵衛は安堵した。

「それで、養生所を出て自分の家で養生してもいいと……」

「左様にございますか。それでは、手前共が松吉を引き取り、養生させます」

「養生所も手狭でして、済まぬがそうして貰えると助かります」

「はい。手前共には若い者もおり、手は充分にございます。では、今日にでも引き取りに参ります」

「そうですか。処で棟梁。大総の下働きに作造と申す者がいますね」

「はい。白山権現の料理屋普請場におりますが、作造が何か……」

総兵衛は、戸惑いを浮べた。

「作造、いつから大総に奉公しているのです」

「そうですねえ、半年程前からですか……」

錺職の文平は、一年前に姿を消している。

「生まれは何処ですか……」

「川越です」

「川越ですか。で、家族は……」

「おかみさんと子供は、川越にいるそうでしてね。ま、云ってみれば出稼ぎのようなものですか……」

「住まいは……」

「一人前になった弟子たちが住んでいる裏の長屋です」

「そうですか……」

新吾は、作業場の隣にあった長屋を思い出した。

「あの、作造は真面目な働き者でして、大工たちにも評判がいいのですが……」

総兵衛は困惑を浮べた。

「いや。養生所の入室患者が行方知れずになった父親に似ていると云いましてね。それで、ちょいと聞いた迄です。川越からの出稼ぎ人なら人違いの別人ですね」

嘘も方便だ……。

新吾は、作造の耳に入っても怪しまれないように話を作った。

「そうでございますか……」

総兵衛は、安心したように笑った。

新吾は、大工『大総』の店を出た。

作造は、川越に女房子供を残して江戸に出稼ぎに来た。そして、半年前から大工『大総』で下働きをしていた。

錺職の文平は、一年前に姿を消してお尋ね者になっている。

作造が総兵衛に云った素性が本当なら、錺職の文平ではない。だが、作造の云った事が、何処まで信じられるのか分らない。

新吾は、想いを巡らせながら日本橋小網町に急いだ。

白山権現門前の料理屋普請場は、昼飯の時も終った。

修吉たち大工は、作造の作った味噌汁をすすりながら弁当を食べた。

「作造の父っつあん、今日の味噌汁も美味かったぜ」

棟梁の修吉は、作造を労った。

「そいつは良かった」

作造は、嬉しげに笑った。

「さあて、そろそろ始めるか……」

修吉は、茶を飲み干して湯呑茶碗を置いた。二人の大工と見習いの小僧は、修吉に続いて仕事を再開した。

作造は、味噌汁の椀や湯呑茶碗などを片付け、辺りの掃除を始めた。

真面目な働き者か……。

浅吉は苦笑した。

真面目な顔の裏には、必ず別の顔が秘められている……。

浅吉は、作造の正体を突き止めようと見張りを続けた。


日本橋小網町は日本橋川沿いにある。

上野元黒門町を出た新吾は、神田川に架かる昌平橋を渡って日本橋に向かった。

日本橋は日本橋川に架かっている。

新吾は、日本橋を渡らず、日本橋川の流れに沿って下った。そして、西堀留川に架かっている荒布橋を渡り、小網町一丁目に出た。

新吾は、小網町一丁目の木戸番屋に立ち寄り、身分と名前を告げて堀端長屋の場所を尋ねた。

木戸番屋は町と町の境にあり、木戸番は町木戸の管理や夜廻りを主な仕事としていた。

「堀端長屋ならこの先の裏通りを行った処ですが、何か……」

木戸番は眉をひそめた。

「う、うん……」

新吾は僅かに迷った。

新吾は、木戸番が教えてくれた道筋を辿り、西堀留川の傍の長屋の木戸口に出た。

堀端長屋だ……。

新吾は、木戸から長屋の様子を窺った。

奥の家が銹職の文平の家であり、文平が姿を消した後も女房のおとしと六歳になる息子の平太が暮らしている。

木戸番は、一年前に文平が姿を消した後、定町廻り同心の風間に命じられておとしたちを見張った事があった。

新吾は、堀端長屋の奥の家を見つめた。

奥の家の腰高障子が開き、おとしと平太が出て来た。

「いいかい、平太。晩御飯は日が暮れる前に食べて、早く寝るんだよ。おっ母ちゃん、仕事が終ったら急いで帰ってくるからね」

おとしは、平太に言い聞かせた。

「うん……」

平太は、淋しげに肯いた。

「じゃあ、行ってくるね」

おとしは、小走りに出掛けて行った。

平太は、半泣きで見送った。

新吾は、おとしを追った。

おとしは、東堀留川に架かる親父橋を渡り、葭町《よしちよう》を抜けて人形町の通りを横切って高砂町に入った。

新吾は追った。

高砂町に入ったおとしは、浜町河岸にある料理屋『堀川』の裏口に入った。

おとしは、料理屋堀川に通い奉公をしている……。

新吾は睨んだ。

日本橋室町の茶道具屋『薫風堂』は、名のある茶人が愛用した古い名品を売るので名高い店だった。

白縫半兵衛は、岡っ引の半次に新吾が探り始めた一件を教えた。

『薫風堂』清左衛門《せいざえもん》は、錺職の文平に神君家康公愛用の銀香炉の修理を頼んだ。そして、文平はその銀香炉を贋物とすり替えたとされている。だが、銀香炉は文平の家から見つかってはいない。

文平は、すり替えた本物の銀香炉を売り飛ばしたのか、それとも持ったまま逃げているのかも知れない。

いずれにしろ銀香炉の行方は分らない……。

半兵衛は気になった。

「旦那、権現さま愛用の銀香炉、本当なんですか……」

半次は眉をひそめた。

「そうだなぁ……」

半兵衛は首を捻った。

「もしかしたら、最初から贋物だったかもしれませんよ」

「だったら、薫風堂清左衛門か……」

半兵衛は苦笑した。

「そいつは分りませんが、とにかく清左衛門から探ってみます」

「うん。頼むよ」

岡っ引の半次は、茶道具屋『薫風堂』清左衛門の身辺を調べ始めた。

夕暮れ時、焚火は燃え上がった。

棟梁の修吉は、大工たちに仕事仕舞いを告げた。

作造は、辺りを掃除して木屑や塵を焚火で燃やした。

「じゃあ、作造の父っつあん、後片付けと火の始末、宜しく頼んだぜ」

棟梁の修吉は、作造に頼んだ。

「ああ。心配は無用だよ」

作造は頷いた。

修吉は、配下の大工たちと共に道具箱を担いで元黒門町の大工『大総』に帰って行った。

作造は、木屑を燃やした。焚火は燃え上がった。

浅吉は、物陰から見張り続けた。

作造は、黙々と掃除や後片付けを続けていた。

焚火の炎は燃え上がり、夕暮れの空に赤く映えた。


浜町河岸の料理屋『堀川』から三味線や太鼓の音が洩れた。

おとしは、『堀川』に通いの台所女中として奉公していた。

新吾は、裏手の垣根越しに『堀川』の勝手口を窺った。

おとしは、井戸端で食器や野菜を洗い、忙しく働いていた。

新吾は、おとしの身辺に姿を消した亭主の文平の影を探した。だが、文平らしき男の影は見当たらなかった。

新吾は、垣根越しに『堀川』の勝手口を窺っている者がいるのに気付いた。

文平か……。

新吾は眉をひそめた。

『堀川』の勝手口を窺っていたのは、文平ではなく幼い平太だった。

平太……。

新吾は戸惑った。

二

幼い平太は、母親のおとし恋しさに一人で浜町河岸に来た。そして、働いている母親おとしの姿を覗いているのだ。

夜、幼い子供の一人歩きは危険過ぎる。

平太は、垣根の隙間から料理屋『堀川』の井戸端で働いているおとしを見つめていた。

おとしは、洗い終えた野菜を持って台所に入って行った。

新吾は、平太に忍び寄った。

「何をしているんだ。坊や」

新吾は、笑顔で声を掛けた。

平太は、慌てて逃げようとした。だが、新吾に抜かりはなく、平太の腕を素早く掴んだ。

平太は、恐怖に顔を歪めた。

「俺は町奉行所の者だ。安心しな」

新吾は、平太に笑顔で告げた。

だが、平太は震えた。

「どうだ。腹は減っていないか……」

平太は戸惑った。

「さあ、おいで……」

新吾は、平太を連れて浜町河岸に向かった。そして、浜町堀に架かる高砂橋の袂の蕎麦屋の暖簾を潜った。

新吾は、平太と蕎麦屋の片隅に座ってしっぽく饂飩とあられ蕎麦を頼んだ。

しっぽくは饂飩の上に卵焼きや蒲鉾などが乗っており、あられ蕎麦は青柳の小柱を散らしたものだ。

「さあ、美味いぞ。食べよう」

新吾は、平太に箸を握らせてしっぽく饂飩を勧めた。

平太は、警戒する眼で新吾を見つめていた。

「俺は蕎麦が好物でな……」

新吾は、蕎麦の湯気を吹いて美味そうに蕎麦をすすった。

平太は喉を鳴らした。

「さあ、卵焼き、美味いぞ」

新吾は笑った。

平太は、しっぽく饂飩を食べ始めた。

「美味いだろう」

「うん……」

平太は嬉しげに笑い、饂飩をすすり、卵焼きを食べ始めた。

どうにか馴れてくれそうだ……。

新吾は安心した。


夜道に行き交う人は少なく、提灯の明かりが遠くに浮かんでいた。

新吾は、平太の手を引いて小網町の堀端長屋に向かった。

平太は、時々母親おとしの仕事場に来ているのか、迷いのない足取りで進んだ。

「平太、暗い夜道は怖くないのか……」

新吾は尋ねた。

「うん……」

平太は頷いた。だが、顔を強張らせて夜の闇を睨み付けていた。

不意に酔っ払いが現れた。

平太は立ち止まり、新吾の黒紋付羽織の裾を握った。酔っ払いは、足元をふらつかせながら通り過ぎて行った。

平太は、小さな手で新吾の羽織の裾を握り締めて歩き続けた。

小網町と浜町河岸は遠くはないが、六歳の子供には厳しい夜道だ。

平太の小さな胸は、激しく高鳴っている。だが、それでも母親のおとしの顔を見たいのだ。

新吾は、平太を哀れんだ。

堀端長屋の家々には小さな明かりが灯され、父親や母親と子供たちの楽しげな笑い声が洩れていた。

平太は、奥の家に駆け寄って振り返った。

「じゃあ、もう寝るんだぞ」

新吾は笑い掛けた。

「うん……」

平太は、安心したかのように頷いた。

「じゃあ、早く家に入るんだ」

「うん」

平太は、腰高障子を開けて暗い家の中に入った。

おとしと幼い平太は、一生懸命に暮らしている……。

新吾は、深々と溜息を洩らした。

誰かが見ている……。

新吾は、自分を見つめる微かな視線を感じた。背後からの視線だった。新吾は、ゆっくりと振り返った。

次の瞬間、視線は不意に消えた。

新吾は、木戸を出て長屋を窺った。

長屋には団欒する一家の笑い声が洩れ、変わった様子はなかった。

気のせいか……。

新吾は戸惑った。だが、背後から視線が注がれていたのは確かだ。

視線の主は、長屋の何処かの家に潜んでいるのかもしれない……。

新吾は、明かりの灯されている家々を見つめた。

夜が更けると共に風は冷たくなり、神田堀に映る月影を揺らした。

神田堀の堀端にある居酒屋からは、酒を楽しむ客の笑い声が賑やかに洩れていた。

岡っ引の本湊の半次は、賑わう店内の隅で茶匙《ちゃさじ》職人の富松《とみまつ》と酒を飲んでいた。

富松は、茶道具屋『薫風堂』に茶匙を卸していた。

「そりゃあ、あっしたちも驚きましたよ。文平さんは、腕の良い真面目な働き者でしてね。あっしたちは、魔が差したんだろうと噂し合ったものですよ」

富松は酒をすすった。

「じゃあ、文平が銀の香炉をすり替えたなんて、薫風堂に出入りしている職人のみんなは、信じられなかっただろうな」

「ええ、そりゃあもう。真面目に働けばそれなりに食っていける筈ですし、恋女房と小さな子供がいるってのに、手が後ろに廻るような馬鹿な真似はしやしませんぜ」

富松は、手酌で猪口に酒を満たして呷った。

錺職の文平の評判は誰に聞いても良く、銀の香炉をすり替えたと信じている者はいなかった。

「だったら富松さん、お前さんたち職人仲間は、銀の香炉のすり替えの下手人、誰だと思っているんですかい」

半次は、富松をそれとなく促した。

「そりゃあ親分……」

富松は言い掛け、我に返ったように慌てて口を噤んだ。

「どうしたんだい……」

半次は眉をひそめた。

「うん。ま、いろいろあってね」

富松は言葉を濁した。

文平以外に銀の香炉をすり替えられるのは、茶道具屋『薫風堂』の清左衛門しかいない。

半次は、富松が言葉を濁す理由に気付いた。

茶匙職人の富松は、品物の卸し先の主の清左衛門を疑うような事は口が裂けても云えないのだ。

「富松さん、薫風堂の旦那、どんな御方なんですかい」

半次は、ようやく聞き込みの核心に入った。

「どんなって、あっしは良く知らねえが、商い上手の遣り手だそうですよ」

富松は、当たり障りのない事を告げた。

「そいつは、裏があるって事かな……」

半次は、富松に笑い掛けた。

「裏……」

富松は、不安を過ぎらせた。

「ええ。商い上手の遣り手となりゃあ、一筋縄じゃあいかない。叩けばそれなりの埃が舞い上がるかもしれない……」

半次は、嬉しげに笑った。

「親分、あっしは何も……」

富松は怯えた。

「なあに心配いらねえ。清左衛門の旦那に話の出処を聞かれたら、富松さんじゃあないと云うさ」

半次は、富松を厳しく見据えた。

富松の名前を敢えて出せば、まったく関わりがないと信じる筈はない。

富松は項垂れた。

「親分、あっしたち薫風堂出入りの職人の間じゃあ、すり替えたのは清左衛門の旦那じゃあないかと噂したもんですよ」

富松は、吐息混じりに告げた。一年前、銀の香炉がすり替えられた時、出入りの職人たちは、清左衛門のやった事だと噂していたのだ。

茶道具屋『薫風堂』の主の清左衛門が、大きく浮かび上がった。

「富松さん、良く教えてくれた。これで大助かりだよ」

半次は喜び、富松に酌をした。

「親分……」

「富松さん、お前さんの名は何があっても洩らさない。約束するから安心してくれ」

半次は、富松に頭を下げた。

居酒屋は、客の笑い声と酒の香りに満ち溢れていた。

湯島天神門前町の夜空には、酔客の笑い声と酌婦の嬌声が響いていた。

湯島天神男坂下の飲み屋『布袋屋』は静かだった。

狭い店内に馴染客はいなく、新吾だけが片隅で酒を飲んでいた。

亭主の伝六は、里芋の煮物と秋茄子の香の物を持ってきた。

「どうだ、父っつぁん。一杯……」

新吾は、伝六に徳利を差し出した。

「いただくぜ」

伝六は、猪口を差し出した。新吾は、伝六の猪口に酒を満たした。

「それにしても、客が一人もいないとは珍しいものだな」

新吾は苦笑し、手酌で酒を飲んだ。

「偶にはこんな刻もあるさ」

伝六は酒をすった。

「で、今はどんな事を探っているんだい」

伝六は、酒に濡れた唇を手の甲で拭った。

「そいつなんだが、お尋ね者に良く似た奴を見掛けてね。そいつをちょいと調べているんだよ」

「やっぱりな……」

伝六は苦笑した。

「何か……」

新吾は戸惑った。

「新吾さん、お前さん、三廻りが望みだと聞いたが、そいつは本当らしいな」

「浅吉か……」

新吾は苦笑した。

「ああ……」

伝六は頷いた。

町奉行所同心で事件の探索・捕縛を専らとする者を〝三廻り〟と称した。〝三廻り〟とは〝定町廻り〟〝臨時廻り〟〝隠密廻り〟を云い、それぞれ六名、六名、二名がいた。養生所見廻り同心の新吾は、その〝三廻り〟になるのが望みだった。

「まあな……」

「悪党相手の三廻りと、貧乏人相手の養生所見廻り……」

伝六は、新吾と自分の猪口に酒を満たした。

新吾は酒をすすった。

「どっちもやりがいのある大事なお役目だろうが、あっしだったら貧乏人の役に立ちてえもんだぜ」

伝六は、笑みを浮べて酒を飲んだ。

「邪魔するぜ」

浅吉が入って来た。

「おう。いらっしゃい」

伝六は、浅吉に猪口と箸を差し出して板場に入って行った。

新吾は、浅吉の猪口に酒を満たした。

浅吉は、猪口の酒を飲み干した。

「作造、どうだった」

新吾は尋ねた。

「普請場の片付けや掃除を終え、焚火の始末をして元黒門町の大総の長屋に帰った。それで暫く見張ったんだが、もう動かねえと見定めて来た」

「そいつは御苦労だったな」

新吾は労った。

「今の処、作造は評判通りの真面目な働き者だぜ」

浅吉は、皮肉っぽい笑みを浮べて手酌で猪口に酒を満たした。

人は、真面目な働き者と云うだけでは生きていけない……。

それが、浅吉の人に対する睨みなのだ。

「で、そっちは……」

浅吉は酒をすすった。

「うん……」

新吾は、文平の女房おとしと幼い倅の平太の事を話し始めた。

浅吉は、新吾の話を聞きながら憮然とした面持ちになり、手酌で酒を呷った。

「どうした」

新吾は眉をひそめた。

「いや。別に何でもねえ……」

浅吉は、誤魔化すように酒を飲み続けた。

「そうか……」

浅吉は、幼い平太に己の子供の頃と通じるものを感じたのかもしれない。

浅吉の昔に微かに触れた……。

新吾は、そう思いながら話を続けた。

「それから、堀端長屋に平太を送った後、誰かが俺を見つめていた……」

「何だって……」

浅吉は眉をひそめた。

新吾は、視線の主が長屋にいるかもしれないと告げた。

「だったら偶々住人が……」

「偶々だったら、不意に視線を消す事もあるまい」

「じゃあ……」

「何者かが、おとしたちを見張っているのかもしれない……」

新吾は、猪口の酒を飲み干した。

日本橋室町の茶道具屋『薫風堂』は、落ち着いた雰囲気を漂わせていた。

白髪混じりの頭の大柄な男が、番頭たち奉公人に見送られて出て来た。

薫風堂の主の清左衛門だ……。

半次は見定めた。

清左衛門は、荷物を持った手代を従えて出掛けた。

半次は尾行を開始した。

清左衛門と手代は、日本橋を渡って京橋に向かった。

半次は追った。

京橋を渡った清左衛門は、尚も進んで尾張町二丁目の手前を東に曲がり、三十間堀に架かる木挽橋に進んだ。

木挽橋を渡って木挽町を抜けると武家地となり、大名屋敷や旗本屋敷が甍を連ねている。

清左衛門は、手代を連れて旗本屋敷の門を潜った。

半次は見届けた。

誰の屋敷なのか……。

半次は、周囲に聞き込みを掛けた。

旗本屋敷の主は、二千五百石取りの西丸留守居で茶の好き者だった。

清左衛門は、茶の好き者の主に茶道具を売りに来たのかもしれない。

だとしたら、それ程刻の経たない内に出て来る……。

半次は睨んだ。

四半刻が過ぎた頃、清左衛門は手代を従えて旗本屋敷から出て来た。手代は、荷物を持っていなかった。

荷物は茶道具であり、旗本に売った……。

半次の睨みは当たった。

清左衛門は、得意先の屋敷を廻って商売をしているのだ。

半次は見定めた。

清左衛門は、手代を従えて木挽橋に戻り始めた。

半次は追った。

清左衛門は、手代を従えて京橋から日本橋に向かった。日本橋を渡れば、茶道具屋『薫風堂』のある室町だ。

店に帰るのか……。

半次がそう思った時、清左衛門は手代と別れて青物町の通りに入った。

違った……。

半次は緊張し、清左衛門の尾行を続けた。


小網町堀端長屋は朝の忙しい刻も終わり、静けさに覆われていた。

おとしは仕立物の内職に励み、平太は家の前で地面に小枝で絵を描いていた。

変わった様子はない……。

新吾は視線の主が気になり、小網町一丁目の自身番を訪れた。

「堀端長屋に住んでいる者ですか……」

自身番の店番は眉をひそめた。

「うん。どんな者たちが暮らしているのか教えて貰いたい」

新吾は、店番に頼んだ。

「はあ。じゃあこれを……」

店番は、人別帳の写しを新吾に渡した。

堀端長屋には家が十軒あり、お店者や人足、駕籠舁《かごかき》などが暮らしていた。その中には、おとしと平太母子もいた。そして、長屋の木戸近くの家に若い浪人が一人で住んでいた。

相州浪人の古川政五郎《ふるかわせいごろう》……。

それが若い浪人の名だった。

古川政五郎が、新吾を見つめていた視線の主なのかもしれない。

新吾はそう睨み、堀端長屋に戻った。

平太は家に入り、堀端長屋の表に誰もいなかった。

新吾は、浪人古川政五郎の家の様子を窺った。古川の家に人のいる気配はなかった。

古川は出掛けている……。

新吾は、木戸に潜んで古川の帰るのを待つ事にした。

堀端長屋は静けさに包まれていた。

青物町の通りを進んだ清左衛門は、板塀の廻された仕舞屋に入った。

半次は見届けた。

どう云う家だ……。

半次は、仕舞屋を見廻した。

斜向かいの家から竹箒を持った老婆が現れ、表の掃除を始めた。

半次は、掃除をしている老婆に近づいた。

「やあ……」

老婆は、胡散臭げに半次を見た。

半次は、老婆に懐の十手を僅かに見せた。

「あら、まあ……」

老婆は戸惑い、掃除の手を止めた。

「この家、どう云う家なんだい」

半次は、清左衛門の入った家を示した。

「囲われ者の家ですよ」

老婆は眉根を寄せた。

「囲われ者……」

「ええ。おまちって年増ですよ」

清左衛門は、妾のおまちの家に来たのだ。

半次は苦笑した。

僅かな刻が過ぎた。

仕舞屋から若い浪人が出て来た。

半次は、咄嗟に物陰に隠れた。

何者だ……。

若い浪人は、鋭い眼差しで辺りを見廻して楓川に向かった。

どうする……。

半次は迷い躊躇い、若い浪人を追った。

三

料理屋普請は順調に進んでいた。

下働きの作造は、昼飯の味噌汁を作っていた。

味噌汁の香りは、物陰で見張っている浅吉にも届いていた。

寺の鐘が午の刻九つ（正午）を告げた。

「さあ、飯にするか……」

棟梁の修吉は、配下の大工や職人たちに声を掛けた。

修吉と職人たちは、顔や手を洗って作造から湯気の立つ味噌汁を貰い、持参した弁当を広げた。

「じゃあ棟梁、すみませんが、ちょいと行って参ります」

「ああ。気を付けてな……」

作造は、普請場から出掛けて行った。

浅吉は、作造の思いも寄らぬ行動に戸惑った。作造は、足早に出掛けて行く。

何処に行く……。

浅吉は追った。

小網町堀端長屋に秋の陽差しが溢れていた。

新吾は、木戸で見張りを続けた。

おとしと平太に変わりはなく、浪人の古川政五郎も帰って来ていなかった。

物売りの声が、ゆっくりと近付いて来て通り過ぎて行った。

新吾は眠気に襲われた。

若い浪人がやって来た。

新吾は、慌てて物陰に隠れた。

若い浪人は木戸を潜り、おとしたちの家を窺った。そして、変わった事がないと見定めて古川政五郎の家に入った。

古川政五郎だ……。

新吾は、古川政五郎を知った。

「新吾さん……」

新吾は振り返った。

半次がいた。

「半次の親分……」

「此処は……」

半次は、堀端長屋を見廻した。

「姿を消した文平の女房子供が住んでいる堀端長屋です」

「文平の女房子供ですか……」

半次は眉をひそめた。

「ええ。親分は、今の若い浪人を追って来たのですか……」

「茶道具屋薫風堂の清左衛門旦那を追っていたら現れましてね。それで……」

「じゃあ、薫風堂の清左衛門と関わりがあるのですね」

「きっと……」

半次は頷いた。

「そうですか……」

古川政五郎は、『薫風堂』清左衛門と関わりがあり、おとしと平太の暮らす堀端長屋に住んでいる。

新吾は、その理由を推し測った。

「浪人、何者です……」

「古川政五郎って相州浪人です」

「古川政五郎……」

半次は、古川の入った家を見つめた。

「おそらく、おとしと平太を見張っているのでしょう」

「おとしと平太を見張る……」

「ええ。そして、姿を消した文平が現れたり、繋ぎを取るのを待っている。きっとそうです」

新吾は睨んだ。

「新吾さん。もし睨み通りなら、そいつは清左衛門の指図ですかね」

「きっと……」

「でしたら、銀の香炉のすり替えと文平が姿を消した一件、清左衛門は思った以上に関わっているのかもしれませんね」

半次は、厳しさを過ぎらせた。

「ええ……」

新吾は頷いた。

堀端長屋の静けさは続いた。

白山通りは追分で本郷の通りに繋がる。

作造は菅笠を目深に被り、白山通りから本郷の通りに出て湯島に向かった。

何処に行くのか……。

浅吉は、慎重に追った。

作造は、本郷六丁目にある法雲寺の門を潜った。

浅吉は、法雲寺の門に駆け寄って境内を覗いた。

作造は境内を横切り、庫裏《くり》の戸を叩いていた。庫裏から寺男の老爺が出て来た。

作造は、菅笠を取って挨拶をした。老爺は、境内や門を鋭く見廻した。

浅吉は、咄嗟に身を隠した。

老爺は浅吉に気付かず、笑みを浮べて作造に声を掛けた。作造は、腰を低くして言葉を交わし、懐から拳大の革袋を出して老爺に渡した。老爺は頷き、革袋を懐に仕舞った。作造は、老爺に深々と頭を下げて踵を返した。

浅吉は門前を離れた。

作造は、法雲寺の門を出て足早に本郷の通りを戻り始めた。

料理屋の普請場に戻る……。

浅吉は睨んだ。

作造を追うか、それとも法雲寺の寺男の老爺を見張るか……。

作造は、本郷の通りを足早に去って行く。

浅吉は迷った挙げ句、寺男の老爺を選んだ。

堀端長屋の奥の家の腰高障子が開いた。

新吾と半次は、物陰に身をひそめた。

平太が、奥の家から飛び出して来た。

「待ちなさい。平太……」

おとしが追って現れた。

平太は駆け戻り、嬉しげにおとしと手を繋いだ。

「さあ、行きましょう」

おとしは微笑んだ。

「うん」

おとしと平太は、繋いだ手を大きく振りながら長屋を出た。

「親分……」

新吾は、半次に尾行を促した。

「新吾さん、おそらく古川政五郎も追うでしょう。ですから、おとし母子はあっしが追います。新吾さんは古川を追って来て下さい」

半次は、尾行の玄人だ。

「心得た」

新吾は頷いた。

「じゃあ……」

半次は、おとしと平太を追った。

古川政五郎が家から現れ、おとしと平太を小走りに追った。

半次の睨み通りだった。

新吾は、古川政五郎を追った。

おとしと平太は、西堀留川に架かる荒布橋を渡って日本橋の通りに向かった。

半次は、おとしたちの斜め後ろを進んだ。

古川は、おとしと平太の後ろ姿を見据えて追った。古川にとり、半次はおとしたちと同じ方向に行く通行人でしかなかった。

新吾は、古川を尾行した。

古川はおとしたちを追うのに打ち込み、己を尾行する者を警戒する様子はなかった。

おとしと平太は、日本橋の通りに出て神田に向かった。
半次は、おとしたちに並んだり、先廻りをしたりして巧みに尾行した。
古川は、おとしと平太を尾行した。そして、新吾は古川を追った。

法雲寺から寺男の老爺が現れた。
動いた……。
老爺が出掛けるのは、おそらく作造絡みなのだ。
浅吉の勘は囁いた。
老爺は、本郷の通りを湯島に向かった。
浅吉は追った。

神田川には、色とりどりの落ち葉が流れていた。
おとしと平太は、神田川に架かる昌平橋を渡って明神下の通りを進んだ。
半次は、おとしたち母子の前後左右を使い、巧みに尾行した。
おとしは勿論、古川も半次の尾行に気付かなかった。新吾は、古川を追った。
おとしは、平太の手を引いて中坂を上がった。中坂の先は湯島天神門前町になり、湯島天神があった。

湯島天神の境内は参拝客で賑わっていた。

おとしと平太は、拝殿に手を合わせた。そして、拝殿の脇にある奇縁氷人石《きえんひょうじんせき》の傍に佇み、行き交う人々に誰かを捜した。

奇縁氷人石とは、縁を求める者や人を探す者がその内容を書いた紙を片側に貼り、心当りのある者が返事を書いた紙を反対側に貼る石碑だった。

おとしは、平太に小銭を渡した。平太は嬉しげに眼を輝かせ、飴屋やしゃぼん玉売りたちに駆け寄って行った。

おとしは、平太を微笑んで見守った。

古川は、茶店の陰から奇縁氷人石の傍らに佇むおとしを見張った。

新吾は、物陰に潜んだ半次の傍に行った。

「古川、茶店の陰からおとしを見張っていますよ」

「ええ……」

半次は、古川に気付いていた。

「新吾さん。おとし、誰かが来るのを待っているようですね」

半次は、おとしを見つめながら告げた。

「ええ……」

新吾は、喉を鳴らして頷いた。

おとしが待っている相手は、姿を消した亭主の文平なのかもしれない。新吾は睨んだ。

おとしは、奇縁氷人石の傍に佇み続けた。

平太は、しゃぼん玉を買って吹いていた。しゃぼん玉は、虹色に輝いて参拝客の頭上を舞った。

申の刻七つ（午後四時）の鐘の音が、何処かから響き渡った。

浅吉が、おとしの背後を過ぎった。

「新吾さん……」

半次は、浅吉に気付いた。

「ええ。浅吉は、作造を見張っている筈です」

新吾は、緊張を漲らせた。

「じゃあ、作造が……」

半次は眉をひそめた。

作造は新吾の睨み通り、おとしの亭主の文平なのか……。

新吾と半次は、参拝客に作造を探した。だが、作造らしき男は見つからなかった。

おとしの顔が微かに緊張した。

手拭で頬被りをした老爺が、奇縁氷人石に貼られた紙を見始めた。

新吾と半次は、おとしの僅かな変化に気が付いた。

老爺は、おとしの傍で奇縁氷人石に貼られた紙を見続けた。

おとしは、行き交う参拝客に眼をやったままだった。新吾には、おとしの眼が心なしか潤んで見えた。

老爺は、奇縁氷人石に貼られた紙を読み終えたのか、腰を伸ばしながらおとしの傍から立ち去った。

言葉を交わす事は勿論、何事もなかった。

「親分……」

「追いますか……」

新吾と半次は迷った。

古川に動く気配はなかった。

おとしは、零れそうになった涙を拭った。

老爺は、張り紙を見ながらおとしに一方的に何事かを告げて行ったのだ。

新吾は気付いた。

「おっ母ちゃん……」

平太が、おとしに駆け寄り、拳大の革袋を差し出した。それは、作造が法雲寺の寺男の老爺に渡した革袋だった。

おとしは、革袋を受け取って愛おしげに握り締めた。

「新吾さん、どうやら出し抜かれたようですね」

半次は苦笑した。

「ええ……」

老爺は、おとしの傍に来る前に平太に革袋を渡していた。

浅吉が、二人の傍にやって来た。

「浅吉……」

新吾と半次は迎えた。

浅吉は、半次に目礼した。

「暫くだな」

「はい。新吾さん、今の父っつぁん、本郷の法雲寺って寺の寺男でね。作造に頼まれて革袋を渡しに来たようだ」

「じゃあ、あの革袋は……」

「おそらく金が入っている……」

浅吉は睨んだ。

「やはりな……」

半次は、厳しさを滲ませた。

「ええ……」

浅吉は頷いた。

作造は、普請場の下働きをして稼いだ金を密かにおとしに渡しているのだ。それが、何を意味するのか、新吾は気付いた。

「そうか……」

新吾は、奇縁氷人石の傍に佇むおとしを見つめた。

おとしは、平太を連れて湯島天神境内から参道を鳥居に向かった。

古川政五郎は追った。

「どうする」

浅吉は、新吾に尋ねた。

「俺はおとしと平太を見張る」

「じゃあ、俺は作造のいる普請場に戻るぜ」

「うん……」

「あっしは、この事を半兵衛の旦那にお報せしますよ」

半次は告げた。

「お願いします」

新吾、浅吉、半次は、湯島天神の境内を出た。

西の空が夕陽に染まり始めていた。


小網町堀端長屋は夕暮れに包まれ、おかみさんたちの晩飯の仕度も終わった。

おとしと平太は、明かりの灯り始めた家々の前を通って奥の暗い家に入った。

古川政五郎は、自分の家の前に立ち止まり、暗い奥の家を見つめた。暗い奥の家に小さな明かりが灯された。

古川は、見届けて踵を返して堀端長屋を後にした。

新吾は、古川を追った。

白山権現門前町の料理屋の普請場には、焚火の炎が燃え上がっていた。

大工たちの仕事仕舞いの刻も過ぎ、普請場には後片付けをする作造だけが残っていた。

作造は、普請場の掃除や片付けをして木切れや塵を燃やした。

焚火の火は燃えた。

作造は、焚火の傍に腰掛けて揺れる炎を見つめた。

孤独……。

浅吉は、焚火の炎に照らされる作造を見守った。

作造は、揺れる炎を見つめ続けた。揺れる炎は、作造の顔を照らし、不安と哀しさ、そして怒りを浮かばせた。

怒り……。

浅吉は戸惑った。そして、作造に秘められた怒りがあるのを知った。

作造は、焚火の炎を見つめ続けた。

囲炉裏に焼《く》べられた粗朶《そだ》は、火花を散らして爆《は》ぜた。

「そうか……」

白縫半兵衛は、半次の話を聞き終えて湯呑茶碗の酒をすすった。

「ええ。どうやら、作造は行方をくらました錺職の文平と見て間違いないと思います」

半次は、酒の入った湯呑茶碗を手にして報せた。

「そして、普請場の下働きで稼いだ金を女房子供に渡しているか……」

半兵衛は読んだ。

「きっと……」

半次は頷いた。

「それにしても薫風堂清左衛門、浪人の古川政五郎におとし母子を見張らせているとはね」

半兵衛は眉をひそめた。

「すり替えられた本物の銀の香炉を取り戻そうとしているんですかね」

「銀の香炉か……」

「ええ」

「そいつが半次。当時、文平は銀の香炉を修繕して清左衛門に納めたと云っていてな。長屋を家捜ししてもなかったそうだ」

「じゃあ……」

半次は戸惑った。

「うん。文平が銀の香炉を修繕して戻したのが本当なら、どうして姿を消したのかだな」

半兵衛は、小さな笑みを浮べた。

「旦那……」

「そして、清左衛門は浪人の古川政五郎に文平の女房子供を見張らせている……」

「はい……」

半次は、厳しさを過ぎらせた。

「その辺の何かがありそうだね」

半兵衛は睨んだ。

「はい。いずれにしろ薫風堂の清左衛門ですか……」

半次は、その眼を微かに光らせた。

「うん。叩けば何かが舞い上がるかもな……」

半兵衛は苦笑し、湯呑茶碗の酒を飲んだ。

土間の隅から虫の音が響いた。


日本橋川には船行燈の灯りが映え、櫓の軋みが響いていた。

日本橋川の岸辺にある居酒屋は客で賑わっていた。

新吾は、黒紋付羽織を木戸番屋に預け、御家人の部屋住みを装って居酒屋に入った。

「いらっしゃい」

新吾は、居酒屋の亭主に迎えられた。

「うん……」

新吾は店内を見廻した。

居酒屋は雑多な客で賑わい、古川政五郎は店の隅で酒を飲んでいた。

新吾は、亭主に酒と肴を頼んで古川の隣に座った。

古川は、新吾を胡散臭げに一瞥した。

「邪魔をする」

新吾は、古川に小さく会釈をした。

古川は、知らぬ顔をして酒をすすった。

「おまちどおさま」

亭主が、新吾に徳利を持って来た。

「おお、待ちかねたぞ」

新吾は、嬉しげに手酌で酒を飲んだ。

「美味い……」

新吾は、思わず声を洩らした。

古川は、片頬を歪めて小馬鹿にしたような笑みを浮べた。

一緒に酒を飲みたくない奴……。

新吾は、密かに苦笑して酒を飲んだ。

刻は過ぎた。

新吾と古川は酒を飲み続けた。

酔った職人が、厠に立ち古川の傍を通った。その時、職人はよろめき、古川の肩に触れた。

次の瞬間、古川は職人を蹴飛ばした。

職人は悲鳴を上げ、酒を楽しんでいる客の中に倒れ込んだ。徳利や皿が飛び、甲高い音を立てて割れた。

「無礼者」

古川は刀を手にし、怒声をあげていきり立った。

客たちは慌てて壁際に逃れ、倒れた職人だけが残された。

「手討ちにしてくれる」

古川は、刀を抜き払った。

客たちは悲鳴をあげ、先を争って居酒屋から逃げ出した。

「お助けを、お助けを……」

職人は、激しく震える手を合わせて助けを請うた。

「下郎、許さぬ」

古川は残忍に笑った。

「馬鹿な真似もいい加減にしろ」

背後にいた新吾は、呆れたように告げた。

「なに……」

古川は振り返った。

新吾は、蔑むような笑みを古川に与えて手酌で酒を飲んだ。

「おぬし、笑ったな」

古川は、新吾を睨み付けた。

「だったらどうした」

「おのれ……」

古川は、刀を上段に構えた。一瞬早く、新吾は古川の顔に猪口の酒を浴びせた。古川は思わず怯んだ。新吾は、その隙を衝いて古川の足を払った。古川の身体は宙に浮き、背中から床に落ちた。新吾は、間髪を容れず古川から刀を奪い、鳩尾に鋭い一撃を放った。古川は、苦しげに呻いて気を失った。

一瞬の出来事だった。

新吾の南蛮一品流捕縛術の見事な早業だった。

四

眼の前は眼隠しをされて暗く、手足はきつく縛られていた。

此処は何処だ……。

古川政五郎は、辺りの匂いを嗅いだ。

塵溜めの匂いが微かにした。

俺はどうしたのだ……。

古川は、居酒屋で若い侍に斬り掛かった瞬間、身体が宙に浮いたのを覚えていた。だが、それ以後の記憶はなかった。

「気が付いたか……」

不意に声が掛けられた。

古川は、思わず身を縮めた。

新吾は、身を縮めて震える古川に苦笑した。

堀端長屋の古川の家は、満足な掃除もされていなく物の腐った匂いが漂っていた。

「古川政五郎だな……」

新吾は尋ねた。

「ああ……」

古川は頷いた。

「薫風堂の清左衛門に頼まれておとしたち母子を見張っているな」

古川は口を噤んだ。

「云わぬ気か……」

新吾は、古川の脇差を抜いた。

脇差の刃は微かな輝きを過ぎらせた。

新吾は、脇差の刃を古川の頬に走らせた。

糸のような白い線が出来て、血が一直線に浮かび上がった。白い線は、赤い糸になった。

古川は、血の生暖かさを感じて頬を斬られたのに気付き、顔色を変えて激しく震えた。

「云わなければ、顔を斬り刻んでやる」

新吾は嘲笑った。

「頼まれた。清左衛門に頼まれた」

古川は落ちた。

「おとしを見張ってどうする気だ」

「姿を消した亭主の文平の居所を突き止めて、殺せと……」

文平が長屋を訪れるのを待ち、おとしが文平の許に行くのを見張る。

それが、古川が『薫風堂』清左衛門から金で請負った仕事だった。

「文平を殺せと、薫風堂の清左衛門に頼まれているのか……」

新吾は、念を押した。

「ああ……」

「何故だ」

新吾は、古川の額に脇差の刃を当てた。

「し、知らぬ……」

古川は、悲鳴のように叫んだ。

「知らぬだと……」

「ああ。俺は月々一両貰い、文平を斬れば二十両の約束で雇われただけだ。文平を斬る訳など知らぬ」

古川は、必死に嗄れた声を震わせた。

「嘘偽り、あるまいな」

新吾は、古川の額に当てた脇差の刃を僅かに引いた。

赤い血の糸が走った。

「誠だ。信じてくれ、誠だ」

古川は、眼隠しと声を涙で濡らした。

今夜はこれまでだ……。

新吾は、古川を日本橋川の対岸茅場町にある大番屋に容れる事にした。


庭の木々の葉は色付き、鹿威しが鳴る度に舞い散っていた。

旗本森尾《もりお》家の隠居は、半兵衛を隠居所の離れに通した。

森尾家の隠居が、『薫風堂』清左衛門の持ち込んだ神君家康公愛用の銀香炉を贋物だと見破った好事家だった。

半兵衛は、その時の様子を尋ねた。

「うむ。薫風堂の清左衛門は本物だと申して持参し、五百両の値を付けて置いて行ってな」

隠居は、白髪眉をひそめて一年前の出来事を思い出した。

「五百両ですか……」

半兵衛は驚いた。

「うむ。如何に権現さま愛用の銀香炉とは申せ、五百両の値は高すぎる。それで、知り合いの茶の宗匠たちに披露した処、贋物ではないかと云う事になってな

「……」

隠居は苦笑した。

「それで清左衛門を呼び、贋物を高値で売り付けようとした騙りだと決め付け、町奉行所に突き出されるか、それとも儂に成敗されるか、好きな方を選べと脅しを掛けてやった」

隠居は、小さな白髪髷を振り立てて楽しげに告げた。

「それはそれは……」

半兵衛は笑った。

「そうしたら清左衛門の奴、自分も知らぬ事であり、修繕をした錺職がすり替えたと言い出し、町奉行所に訴え出たのだ」

隠居はせせら笑った。

「では御隠居さま、清左衛門の云った事は……」

「偽りだ」

隠居は断じた。

「偽り……」

半兵衛は眉をひそめた。

「うむ。おそらく銀香炉が贋物だと知れ、慌てて錺職に罪を押し付けたのであろう」

「ならば錺職は……」

「銀香炉の修繕には関わったであろうが、騙りには荷担しておるまい」

隠居は睨んだ。

「では錺職は……」

「無実であろう」

「ですが御隠居さま、錺職はその後、姿を消しております。無実ならば何故……」

半兵衛は、隠居の睨みを尋ねた。

「相手は狡猾で強かな清左衛門だ。錺職に何をしたか……」

「成る程……」

半兵衛は、感心したように頷いた。

「白縫半兵衛と申したな」

「はい」

「儂の知っている事はそれぐらいだが、半兵衛の睨みと違いはあったかな」

隠居は、半兵衛に探る眼差しを向けた。

「畏れいります」

半兵衛は頭を下げた。

隠居は楽しげに笑った。

庭の鹿威しの澄んだ音が甲高く響いた。


堀端長屋に秋の陽差しが溢れた。

新吾は、木戸から奥の家を見張っていた。

奥の家の表では、平太が木切れで地面に絵を描いて遊んでいた。

新吾は裏手に廻った。

秋の低い陽差しは、開け放たれた障子から家の中に差し込み、仕立物をしているおとしを照らしていた。

新吾は、おとしの様子を窺った。

仕立物をしていたおとしは、針を持つ手を止めて小さな神棚を見上げた。

神棚には、拳大の革袋があった。

おとしは立ち上がり、拳大の革袋を握り締めた。革袋には一朱金や文銭などが入っていた。

文平が隠れながら働いて得た金……。

おとしは、文平の身を案じて涙ぐんだ。

文平は、二ヶ月に一度、本郷の法雲寺の寺男の老爺を通じて稼いだ金を届けてくれている。だが、文平の居場所は分らなかった。それは、法雲寺の寺男の老爺も同じだった。寺男の老爺は、文平の死んだ父親の若い頃からの友人だった。

寺男の老爺は、おとしに文平が達者でいる事を告げ、金を運んでくれていた。

おとしは、文平から金が届けられる月は料理屋『堀川』の台所女中働きをせず、平太と一緒に夜を過ごせるのだ。

お前さん……。

おとしは、金袋を胸に抱いて文平の無事を願った。

おとしと平太を文平に逢わせてやりたい……。

新吾は、無性にそう思った。

古川政五郎を大番屋に入れ、文平に取り敢えず命の危険はない。

新吾は、白山権現の普請場に急いだ。

白山権現門前の料理屋普請は大分進んでいた。

作造は、労を厭わず下働きの仕事に励んでいた。

浅吉は、物陰で見守った。

「浅吉……」

新吾がやって来た。

「どうした」

浅吉は戸惑った。

「作造、いや文平をおとしと平太に逢わせようと思う……」

「何だって……」

浅吉は眉をひそめた。

「実はな……」

新吾は、古川政五郎を責め、大番屋に容れた事を浅吉に伝えた。

「そうか……」

浅吉は、仕事に励む作造を見つめた。

作造こと文平を女房子供に逢わせてやりたいのは、浅吉も同じだった。

昼飯の刻が近付いた。

作造は、棟梁の修吉に断って買い物に出掛けた。そして、豆腐と葱を買い、普請場に戻ろうと白山権現の境内に入った。

白山権現の境内には参拝客が行き交い、子供たちが遊んでいた。

作造は、豆腐と葱を持って足早に境内を抜けようとした。

新吾は、作造の行く手を塞いだ。

作造は、満面に怯えを浮べて後退りした。

「錺職の文平だね……」

新吾は、静かに尋ねた。

「ち、違います……」

作造は、喉を引き攣らせた。

「文平、おとしと平太が逢いたがっているぞ」

新吾は、構わず告げた。

作造は、驚いたように眼を見開いた。

「文平、銀香炉すり替えの一件、何もかも町奉行所に話し、おとしと平太の処に帰るんだ」

「お侍さま、手前は作造と申しまして、錺職の文平さんなどではございません」

作造は、顔を苦しげに歪めて声を震わせた。

「文平、おかみさんたちを見張っていた浪人はいなくなり、薫風堂の清左衛門はまだそいつを知らない。逢うなら今の内だ」

新吾は勧めた。

「えっ……」

作造は戸惑った。

「文平、おとしと平太に逢いに行こう」

新吾は、作造を促した。

作造の顔に、微かな喜びと戸惑いが交錯した。

「さあ……」

新吾は尚も促した。

作造は迷い躊躇い、決めた。

「お侍さま、私は文平さんなどではありません。御免下さい」

作造は、文平であるのを拒否し、豆腐と葱を抱えてその場を離れた。

「文平さん」

新吾は、足早に境内を出て行こうとする作造を追い掛けようとした。

「待ちな……」

浅吉が物陰から現れ、新吾を呼び止めた。

「浅吉……」

新吾は眉をひそめた。

「見ず知らずの侍にいきなり実の名を呼ばれ、女房子供の処に帰ろうと云われても、俄に信じられるもんじゃあねえさ」

浅吉は、作造に同情した。

「そうだな……」

新吾は、頷くしかなかった。

「じゃあ、俺は作造の見張りに戻るぜ」

浅吉は、新吾を残して料理屋の普請場に急いだ。

新吾は立ち尽くした。

子供たちの遊ぶ声が楽しげに響いた。

大番屋の牢は薄暗かった。

白縫半兵衛は、牢の鞘の外から薄暗い牢を覗いた。

古川政五郎が膝を抱えていた。

「あの浪人が古川政五郎か……」

半兵衛は、大番屋の小者に尋ねた。

「へい。昨夜遅く、神代さまが引き立てて来ましてね。薫風堂の清左衛門に頼まれておとし母子を見張り、文平を殺めようとしていると、白縫さまにお伝えしてくれと……」

「成る程。よし、古川を詮議場に引き据えてくれ」

「承知しました」

大番屋の小者は頷いた。

半兵衛は、詮議場に向かった。

詮議場には、血と汗の匂いが染み込んでいる。

半兵衛は、上がり框に腰掛けて辺りを見廻した。框の後ろには座敷があり、前には咎人を引き据える土間がある。

古川政五郎が、小者たちに引き立てられて来た。そして、土間の莫蓙の上に引き据えられた。

古川は、上目遣いに半兵衛を窺った。

「古川政五郎だな……」

半兵衛は見据えた。

古川は、微かな怯えを過ぎらせた。

「錺職の文平を殺せと、薫風堂清左衛門に金で頼まれた。間違いないのだな」

「ああ……」

「それで、おとしと平太を見張り、文平の現れるのを待ったか……」

「そうだ」

古川は、開き直ったように頷いた。

「役目はそれだけかな……」

半兵衛は苦笑した。

古川は、微かに狼狽《うろた》えた。

半兵衛は見逃さなかった。

「ああ。俺の役目は文平を斬る事だけだ」

「そうかな……」

半兵衛は、薄笑いを浮べて古川の顔を覗き込んだ。

「ああ……」

古川は、怯えを隠すように半兵衛の視線から逃れた。

「古川、このままじゃあお前は島流しだ」

「島流し……」

島流しになると、運良く御赦免になる以外、滅多に江戸には帰れはしない。

古川は、恐怖に衝き上げられた。

「俺は、まだ文平を斬ってはいない。それでも島流し……」

「古川……」

半兵衛は遮った。

古川は、言葉を飲み込んだ。

「そいつは私の筆先一つだ」

半兵衛は嘲りを浮べた。

「そんな……」

古川は、激しく震えた。

「だがな古川、何もかも正直に話せば、筆先も手心を加えるかもしれぬ」

半兵衛は笑い掛けた。

古川は、迷い躊躇い、諦めた。

「清左衛門は文平を脅したのだ。お上に余計な事を喋れば、女房子供を殺すと……」

古川は項垂れた。

「文平の口を封じたのか……」

「ああ。だが、文平は姿を消した」

「自分が生きている限り、女房子供に手出しは出来ないか……」

半兵衛は、文平の腹の内を読んだ。

茶道具屋『薫風堂』清左衛門は、贋の銀香炉をすり替えた罪を錺職の文平に押し付けた。そして、黙って身代りにならなければ、おとしと平太を殺すと脅した。

脅された文平は、姿を消してお尋ね者になった。

半兵衛は、銀香炉すり替え事件の真相を知った。

「古川、今の話に間違いはないな」

半兵衛は念を押した。

「嘘偽りはない。頼む、島流しだけは勘弁してくれ」

古川は、半兵衛に哀願した。

半兵衛は、小者たちに古川を牢に戻すように命じた。そして、新吾がいる筈の小網町堀端長屋に向かった。

錺職の文平は、女房おとしと子供の平太の命と引き替えに口封じをされ、銀香炉すり替えの罪を被せられた。

「汚い真似を……」

新吾は、茶道具屋『薫風堂』清左衛門の悪巧みに呆れた。

「町奉行所に捕らえられて責められれば、何処まで黙っていられるか分らない。万一、真相を白状すれば女房子供の命はない。文平は姿を隠すしかなかったのだろう」

半兵衛は、文平を哀れんだ。

「それにしても清左衛門、己の悪事を他人に尻拭いをさせようとは、許せません」

新吾は、怒りを露わにした。

「うん。いずれにしろ、清左衛門をこのまま放っておく訳にはいかぬ。これから大番屋に来て貰うさ」

半兵衛は、清左衛門を捕らえて厳しく取り調べるつもりなのだ。

「ならば、私もお供します」

新吾は勢い込んだ。

「いいだろう」

半兵衛は苦笑した。

日本橋の通りは行き交う人で賑わっていた。

茶道具屋『薫風堂』の暖簾は、秋風に揺れていた。

半兵衛と新吾は、店の表に佇んだ。

斜向かいの蕎麦屋から半次が現れ、二人の傍に駆け寄って来た。

「旦那、新吾さん……」

「半次がいるって事は、清左衛門も薫風堂にいるんだな」

半兵衛は読んだ。

半次は、清左衛門を見張っていた。

「はい。何か……」

「清左衛門をお縄にして、大番屋に引き立てるよ」

「じゃあ……」

半次は眉をひそめた。

「うん。銀香炉すり替えの一件、何もかも清左衛門の仕組んだ事だ」

半兵衛は、事の次第を半次に告げた。

「やっぱり……」

半次は苦笑した。

「行くよ」

半兵衛は、新吾と半次を促して『薫風堂』に向かった。


「邪魔するよ」

半兵衛、新吾、半次は、『薫風堂』の暖簾を潜った。

「おいでなさいませ」

番頭と手代が、三人を迎えた。

「北町奉行所の白縫半兵衛だが、主の清左衛門はいるかな」

半兵衛は笑い掛けた。

「はい。おりますが何か……」

番頭は眉をひそめた。

「うん。錺職の文平が見つかってね。それでちょいと逢いたいのだが……」

「そうでございますか。すぐに呼んで参ります。庄助《しょうすけ》、旦那方にお茶をね」

番頭は、手代に命じて奥に入った。

手代は茶を淹れ、半兵衛、新吾、半次に差し出した。

「どうぞ……」

「うん。戴くよ」

半兵衛は、拘りなく茶をすすった。

新吾と半次は、緊張した面持ちで清左衛門の来るのを待った。

僅かな刻が過ぎた。

「お待たせ致しました。主の清左衛門にございます」

主の清左衛門が、番頭を従えてやって来た。

「清左衛門、一年前の銀香炉のすり替えの件で大番屋に来て貰う」

半兵衛は厳しく命じた。

「えっ……」

清左衛門は戸惑った。

「浪人の古川政五郎が何もかも白状した。神妙にするんだね」

半兵衛は告げた。

半次は、捕り縄を出した。

「そ、そんな……」

清左衛門は、顔色を変えて身を翻した。

刹那、新吾は清左衛門に飛び掛かった。

「待て……」

新吾は、清左衛門を捕まえて投げ飛ばした。

清左衛門は、激しく土間に叩き付けられた。

新吾は、素早く清左衛門に馬乗りになった。

「おのれ清左衛門。無実の者に罪を着せるとは許せぬ所業。思い知れ」

新吾は、清左衛門を殴った。

清左衛門は鼻血を飛ばし、悲鳴をあげた。

「文平の苦しみが分るか……」

新吾は、尚も清左衛門を殴った。

「おとしと平太の哀しさが分るか……」

新吾は、満面に怒りを浮べて清左衛門を殴り続けた。

清左衛門は鼻血に塗れ、悲鳴をあげて必死に逃げようとした。だが、新吾は逃げるのを許さなかった。

半兵衛と半次は見守った。

番頭や手代は、店の隅で恐怖に震えた。

清左衛門は髷を崩し、着物を乱して悲鳴をあげた。

新吾は殴り続けた。

「旦那……」

半次は、眉をひそめて潮時を告げた。

「うん。新吾、もういい……」

半兵衛は、新吾を止めた。

「嫌だ、俺は許さない」

新吾は、半兵衛が止めるのを振り切って清左衛門に殴り掛かった。

「落ち着け新吾」

半兵衛は、新吾の頰を平手打ちにした。

甲高い音が鳴った。

新吾は我に返った。

「半兵衛さん……」

「新吾、もう止めるんだ」

半兵衛は、新吾に言い聞かせた。

「はい……」

新吾は項垂れ、激しく息を鳴らした。

半次は、ぐったりとしている清左衛門に縄を打った。

新吾は立ち尽くした。

「新吾、お前にはやることがある筈だ」

「やる事……」

新吾は戸惑った。

「うん」

半兵衛は笑った。

新吾は気付いた。

「半兵衛さん……」

新吾は顔を輝かせた。

「早く行け」

「はい」

新吾は、猛然と『薫風堂』を飛び出した。


普請場は夕暮れに包まれた。

棟梁の修吉と大工たちは仕事を終えて帰り、作造は後片付けを急いでいた。

浅吉は、物陰で作造を見守り続けた。

焚火の炎は揺れた。

今日も終わった……。

作造は、最後の木切れを焚火に焼べた。

炎は火の粉を舞い散らせた。

文平、おとしと平太に逢いに行こう……。

昼間、白山権現で逢った若い侍の声は、作造の脳裏にこびり付いて離れなかった。

若い侍は何処の誰なのだ……。

作造に不安が募った。

焚火は、不安を煽るように燃え上がった。

作造は、炎を見つめた。

おとし、平太……。

作造は、零れる涙を拭った。

「ちゃん……」

子供の父親を呼ぶ声が聞こえた。

「ちゃん……」

子供の声は近付いて来る。

「ちゃん……」

子供の声はすぐ傍に来た。

作造は、怪訝に振り返った。

小さな男の子が、飛び付くように作造に抱き付いた。

「平太……」

作造は、小さな男の子が平太だと気付いた。

「ちゃん……」

「お前さん……」

おとしが現れ、作造と平太に駆け寄った。

「おとし……」

作造は驚いた。

「お前さん……」

おとしは、作造に抱き付いて泣いた。

「おとし、平太……」

作造は困惑した。

「作造、いや、文平さん、薫風堂清左衛門と古川政五郎はお縄にしたよ」

新吾が、夕暮れから現れた。

「お侍さま……」

作造は驚いた。

「お前が無実で、どうして姿を消したのかも良く分ったよ」

新吾は微笑んだ。

作造は、呆然と立ち尽くした。

「それで、神代さまが平太と私をお連れ下さったのです」

おとしは涙声で告げた。

作造は、言葉もなく新吾に深々と頭を下げた。

新吾は、物陰で見守っている浅吉に気が付いた。

浅吉は、新吾に笑い掛けて立ち去った。

作造は、おとしと平太を両手に抱き締めて泣いた。おとしと平太は、作造にしがみついて声を上げて泣いた。

新吾は、思わず鼻水をすすった。

夕暮れは夜になり、焚火の炎は美しく揺れた。


白縫半兵衛は、『薫風堂』清左衛門を厳しく取り調べた。

清左衛門は、己の罪を認めた。

文平の無実は証明された。

銀香炉すり替えの一件は落着した。文平は、作造を棄てて錺職に戻り、おとしや平太と新しい暮らしを始めた。

秋は深まり、同心詰所にも火鉢が置かれた。
新吾は、鋳職文平の人相書を破り、火鉢に焼べた。
人相書は、青白い炎をあげて燃え尽きた。

第三話

雪化粧

一

養生所の入室患者の着物は、帷子から布子に代わった。

朝晩の冷え込みも厳しくなり、通いの患者に風邪を引いた者が多くなった。

小川良哲《おがわりようてつ》ともう一人の本道医は、朝から休む間もなく患者の診察を続けていた。

良哲は、酷い高熱に苦しむ患者に熱冷ましの薬を飲ませ、空いている部屋で休ませた。

「神代さま……」

下男の五郎八が、北町奉行所養生所見廻り同心の神代新吾のいる役人部屋にやって来た。

「どうした、五郎八」

「へい。良哲先生がすぐ来てくれと仰っています」

「良哲が……」

新吾は、養生所肝煎りの小川良哲と幼馴染みだった。

「へい」

新吾は、五郎八と共に良哲の診察室に急いだ。

「どうした、良哲」

「うん。高い熱のある高杉恭一郎《たかすぎきょういちろう》って浪人が、少し休んでいろと云ったのにも拘わらず、外せない約束があると出て行ってしまった」

良哲は眉をひそめた。

「そんなに高い熱なのか……」

「うむ。どうも風邪を拗らせたようだ。それで、何処かで倒れはしないかと思ってな」

良哲は心配していた。

「その高杉恭一郎、家は何処なのだ」

「根津権現門前の茶店の家作になっている」

良哲は、通い患者の覚書に眼を通した。

「根津権現門前の茶店だな」

「うん。五郎八、新吾と一緒に行ってくれ」

「承知しました」

良哲は、高杉恭一郎の顔を見知っている五郎八を新吾に付けた。

新吾は、五郎八と共に養生所を出て根津権現への道筋を急いだ。

冬の白山権現に参拝客は少なかった。

新吾と五郎八は、白山権現傍の辻に佇んで辺りに高杉恭一郎を捜した。しかし、高杉恭一郎の姿は見えなかった。

「根津権現の家ですかね」

五郎八は眉をひそめた。

「うん。行ってみよう」

新吾と五郎八は、高杉を捜しながら谷中天王寺に続く道を急いだ。

熱のある高杉は、出来るだけ近い道を通って根津権現門前の茶店に帰る筈だ。

新吾はそう読み、千駄木町の辻を南に曲がって根津権現裏の曙の里に出ようとした。

「神代さま……」

五郎八が、辻を曲がった新吾を呼び止めた。

「いたか……」

「あそこに……」

　五郎八は、団子坂を谷中天王寺に向かって行く痩せて背の高い浪人を示した。

「高杉恭一郎か……」

「へい」

　高杉は、熱のせいかゆっくりとした足取りで進んでいた。

　新吾と五郎八は、小走りに高杉を追った。

　数人の羽織袴の武士たちが現れ、高杉を取り囲んだ。

「五郎八……」

　新吾は眉をひそめ、五郎八を押し止めた。

　五郎八は緊張した。

　新吾は、高杉を見つめた。

　高杉は、静かに佇んでいた。

　羽織袴の武士たちは、高杉を取り囲んで刀を抜き払った。

　高杉は、白刃に囲まれても動じる風もなく静かに佇んでいた。

「どうします」

　五郎八は、緊張で喉を引き攣らせた。

「うん……」

白刃に囲まれても動じない高杉は、己の剣の腕にかなりの自信を持っている。

新吾は睨み、見守った。

羽織袴の武士の一人が、猛然と高杉に斬り掛かった。

刹那、高杉は抜き打ちに刀を斬り上げた。

新吾は眼を見開き、五郎八は驚きの声を短くあげた。

血煙があがり、刀を握った腕が空に舞った。

腕を斬り飛ばされた羽織袴の武士が、獣のような悲鳴をあげて倒れ、血を振り撒いて転げ廻った。

恐ろしい程の剣の冴えだった。

羽織袴の武士たちは怯み、後退りした。

高杉は、刀を下げたまま何事もなかったかのように動かなかった。

刀の切っ先から血が滴り落ちた。

高杉は、高熱で体力を消耗するのを恐れている。

新吾は睨んだ。

高杉の敵は、羽織袴の武士たちより高熱なのかもしれない。

新吾がそう思った時、高杉は大きく身体を揺らして片膝をついた。

高熱……。

新吾は緊張した。

羽織袴の武士たちが、膝をついた高杉に一斉に迫った。

「何をしている」

新吾は怒鳴り、黒紋付羽織を翻して高杉と羽織袴の武士たちの許に駆け出した。

五郎八は慌てて続いた。

羽織袴の武士たちは、黒紋付羽織に着流しの新吾を町奉行所役人だと知って面倒を恐れ、片腕を斬り飛ばされた仲間を連れて逃げた。

「大丈夫か……」

新吾は、片膝をついている高杉に駆け寄った。

「ああ。造作を掛けた」

高杉は、痩せこけた頰を歪めて苦笑した。

「御免……」

新吾は、高杉の額に手を当てた。額は異様に熱かった。

「凄い熱だ……」

新吾は眉をひそめた。

「熱冷ましなら養生所の先生に貰って来た」

高杉は、苦しげに息を鳴らして懐の薬袋を見せた。

「こいつは、私が薬煎に立ち合った熱冷ましだ」

養生所見廻り同心の仕事に、薬煎への立合いがあった。

「貴殿は養生所見廻り同心ですか……」

「はい。北町の神代新吾です」

「私は高杉恭一郎……」

高杉は、苦しげに言葉を飲んだ。

養生所で飲んだ熱冷ましは、斬り合いの緊張で効き目を失ったのかもしれない。

「神代さま、早く家に運んで熱冷ましの薬を飲ませましょう」

五郎八は急いだ。

「うん……」

新吾は、五郎八と共に高杉を助け起こした。

斬り飛ばされた腕が握る刀は、冬の陽差しに鈍く輝いた。

根津権現門前は参拝客が行き交っていた。

門前町の外れに茶店があり、その裏手にある小さな家作が高杉の家だった。

狭い家には大した家具や鍋釜もなく、高杉が一人暮らしなのを教えてくれた。

五郎八は、部屋の隅に畳まれていた蒲団を敷いた。

新吾は、高杉を蒲団に寝かせて熱冷ましを飲ませた。

「かたじけない。造作をお掛けする……」

高杉の息遣いは、横になったせいか僅かに落ち着いた。

「処で高杉さん、約束があるとか……」

新吾は尋ねた。

「そいつは、もう済みました」

「済んだ……」

新吾は戸惑った。

「ええ……」

「ひょっとしたら、約束とは先程の者たちとの果たし合いだったのですか……」

新吾は眉をひそめた。

「まあ、そうなりますか……」

高杉は苦笑した。

「奴らは何者ですか……」

「神代どの、そいつは勘弁して下さい」

高杉は詫びた。

「そうですか……」

高杉は、羽織袴の武士たちの素性を隠した。

羽織袴の武士たちは、おそらく大名か旗本家の家中の者たちだ。

高杉は、大名家か旗本家の者たちと果たし合いの約束をしていた。しかし、相手の素性と果たし合いの理由は話さなかった。

新吾と五郎八は、高杉の容態が落ち着いたのを見届け、養生所に帰る事にした。

高杉は身を起こし、新吾と五郎八に深々と頭を下げた。

新吾は、五郎八と共に茶店裏の高杉の家を出て周囲を窺った。

「神代さま……」

五郎八は戸惑った。

「うん……」

新吾は、高杉と斬り合った羽織袴の武士たちを捜した。だが、羽織袴の武士や仲間と思われる者はいなかった。

「よし。行こう」

新吾は、五郎八と小石川養生所に向かった。

昼が過ぎ、通いの患者は僅かに少なくなった。

新吾と五郎八が戻った刻、良哲は台所で遅い昼飯を食べていた。

「おう。御苦労だったな。で、どうだった」

「どうにか間に合ったよ」

「間に合った……」

良哲は眉をひそめた。

「うん。済まぬが、茶をくれ……」

新吾は、台所女中に茶を頼み、事の顚末を話し始めた。

良哲は、昼飯を食べながら新吾の話しを聞き終えた。

「約束は果たし合いだったのか……」

良哲は、少なからず驚いた。

「そうらしい」

新吾は頷いた。

「それにしても、あの高い熱で斬り合うとは、驚いたな」

良哲は感心した。

「うん。それも、相手の刀を握る腕を抜き打ちに斬り飛ばした。恐ろしい程の手練れと云っていいだろう」

「うむ……」

良哲は、昼飯を食べ終えて茶をすすった。

「それで新吾、相手は何処の家中の者たちなのだ」

「そいつが云わないんだな」

新吾は、吐息を洩らした。

「しかし、だからと云って放って置いていいのか……」

良哲は、新吾を咎めるように見据えた。

「えっ……」

新吾は戸惑った。

「高杉恭一郎どのは病の身だ。僅かの刻の斬り合いなら大丈夫だが、大勢を相手にした刻の掛かるものなら勝ち目はない」

「しかし、高杉さんがこれからも斬り合いをすると決まっている訳じゃあないだろう」

新吾は首を捻った。

「だが、命は狙われているんだ」

良哲は厳しく告げた。

「ま、それはそうだが……」

新吾は言葉を濁した。

「じゃあ、どうする」

良哲は迫った。

「分った。どうにかする」

新吾は、憮然とした面持ちで頷いた。

病の高杉恭一郎を護衛し、襲い掛かった羽織袴の武士たちの素性を突き止め、両者の拘わりを探る……。

新吾一人で出来る事ではない。

新吾は、手妻の浅吉に手紙を書き、五郎八に湯島天神男坂下の飲み屋『布袋屋』に届けるように頼んだ。そして、根津権現門前町の茶店に急いだ。

根津権現門前町は賑わっていた。
新吾は、門前町の外れにある茶店を窺った。
茶店は既に大戸を降ろし、辺りに羽織袴の武士を始めとする不審な者はいなかった。
門前町の外れは行き交う人も少なく、遠くから賑わいが響いてくるだけだった。
新吾は、裏路地にはいり、茶店の裏手にある小さな家作を窺った。
家作には明かりが灯されていた。
高杉恭一郎は家にいる……。
新吾は、そう見定めて茶店の表に戻り、暗がりに潜んで辺りを窺った。
四半刻が過ぎ、門前町の暗がりに人影が浮かんだ。
新吾は、物陰に身を潜めて見守った。
人影は浅吉かもしれない……。
新吾は、浅吉に根津権現門前町の茶店に来るように手紙で頼んでいた。
新吾は、やって来る人影を見つめた。
人影は浅吉ではなかった。

新吾は、落胆すると共に緊張した。

やって来た人影は、羽織袴の若い武士だった。

羽織袴の若い武士は、茶店とその周囲を油断なく窺った。

昼間、高杉と斬り合った羽織袴の武士の仲間だ……。

新吾は見定め、物陰で息を潜めて羽織袴の若い武士を見守った。

羽織袴の若い武士は、茶店の脇の路地に入って行った。

高杉が家作にいるかどうか確かめようとしている……。

新吾は睨んだ。

「どうした……」

手妻の浅吉が、新吾の背後に現れた。

茶店の脇の路地から、羽織袴の若い武士が出て来た。

「野郎か……」

浅吉は、羽織袴の若い武士を示した。

「ああ……」

新吾は頷き、羽織袴の若い武士を見守った。羽織袴の若い武士は、来た道を足早に戻り始めた。

「仲間を呼びに行くのかもしれねえな」

浅吉は睨んだ。

「うん。何処に行くのか見届けて素性を突き止めてくれ。俺は、高杉さんを湯島天神の布袋屋に連れて行く」

「承知……」

浅吉は、暗がり伝いに羽織袴の若い武士を追った。

羽織袴の若い武士は、仲間を呼んで来て高杉を襲撃するのかもしれない。

新吾はそう読み、高杉恭一郎を安全な場所に移動させる事にした。


茶店の家作には明かりが灯っている。

新吾は、戸を小さく叩いた。

「何方だ」

高杉が応じた。

「北町の神代新吾です」

「おお、神代どのですか……」

高杉の声がし、戸が開けられた。

新吾は微かに怯んだ。

戸を開けたのは若い武家娘だった。

「おいでなさいませ」

若い武家娘は新吾を迎えた。

「香苗《かなえ》、さっき話した神代どのだ。あがって戴きなさい」

「はい。さあ、どうぞ」

「うむ。お邪魔致す」

香苗と呼ばれた武家娘は、新吾を誘った。

新吾は、高杉の家にあがった。

「如何しました」

高杉は、戸惑いを浮べた。

「羽織袴の武士が、密かに此処を窺っていました。暫く姿を隠しましょう」

新吾は、小さな笑みを浮べた。

「羽織袴の武士ですか……」

高杉は苦笑した。

「兄上……」

香苗は、緊張を過ぎらせた。

「うむ。香苗、お前は戻りなさい。私は神代どのと一緒に行く」

「ですが兄上……」

香苗は眉をひそめた。

「香苗、私の事は心配無用だ。志を遂げる迄は死にはしない。さあ、行け」

高杉は、香苗に微笑み掛けた。

「はい」

香苗は頷き、家作から出て行った。

「妹御ですか……」

「左様……」

高杉は、出掛ける仕度を始めた。

志とは何だ……。

新吾は、高杉の志が気になった。

二

冬の月は不忍池に青白く映えていた。
羽織袴の若い武士は、根津権現門前町から不忍池の畔の茅町二丁目に入った。
浅吉は尾行した。
羽織袴の若い武士は、茅町二丁目の裏通りにある小料理屋に入った。
浅吉は見届けた。
羽織袴の若い武士は、おそらく小料理屋で誰かと逢っているのだ。
そして、どうする……。
茅町二丁目の小料理屋から根津権現迄は走ればすぐだ。
浅吉は、暗がりに潜んで羽織袴の若い武士が出て来るのを待った。
僅かな刻が過ぎ、羽織袴の若い武士が中年の武士と四人の浪人と一緒に出て来た。
「三枝《さえぐさ》、高杉恭一郎、間違いなく家にいるのだな」
中年の武士は、羽織袴の若い武士に尋ねた。

「はい。家作から薬湯の匂いがしていました。高橋さま、高杉はやはり病で寝込んでいるのです」

三枝と呼ばれた羽織袴の若い武士は、中年武士の高橋に己の睨みを伝えた。

「そうであれば好都合。行くぞ」

高橋は、三枝と四人の浪人を率いて根津権現門前町に急いだ。

行き先は、根津権現門前町の高杉恭一郎の家……。

浅吉は、高橋や三枝たちの後を追わず、裏通りを使って根津権現門前町に先廻りした。

根津権現門前町の外れの茶店は寝静まっていた。

高橋は、三枝と四人の浪人を従えて茶店の裏手の家作に忍び寄った。

家作の明かりは消えていた。

「眠ったのかもしれませんね」

三枝は、高橋に囁いた。

「うむ……」

高橋は、四人の浪人に目配せした。

四人の浪人は頷き、刀を抜いて戸を蹴破った。

刹那、浅吉の声が夜空に響いた。

「火事だ。火事だあ」

浅吉は叫んだ。

人は〝人殺し〟や〝泥棒〟と聞いても身を縮めるだけだが、〝火事〟と聞けば飛び出して来る。

「火事か……」

「火事は何処だ」

茶店を始めとした周囲の家々の戸が開き、人の声が飛び交った。

拙い……。

三枝は焦った。

「退け、退くんだ」

高橋は、小心さを丸出しにして慌てて逃げ出した。三枝と四人の浪人が続いた。

浅吉は苦笑し、追った。

高橋は、根津権現門前町を出て不忍池まで一気に逃げ、畔の草むらに倒れ込んだ。そして、苦しく息を鳴らした。

「大丈夫ですか、高橋さま」

三枝は、激しく噎せ返っている高橋に駆け寄った。

「ああ……」

四人の浪人も駆け寄って来た。

「今夜はこれ迄だ」

高橋は、四人の浪人に告げた。

「うむ……」

四人の浪人は頷き、闇に走り去った。

「高橋さま……」

「三枝、屋敷に戻る」

「はい」

高橋と三枝は、不忍池の畔を下谷広小路に向かった。

浅吉は、薄笑いを浮べて尾行を開始した。

下谷広小路に出た高橋と三枝は、不忍池から流れている忍川沿いを進み、御徒町を横切って三味線堀に出た。

浅吉は、慎重に尾行した。

三味線堀の周囲には、大名や旗本の屋敷が甍を連ねていた。

高橋と三枝は、三味線堀の傍の大名屋敷に入った。

浅吉は見届けた。

何様の屋敷か……。

浅吉は、辺りを見廻した。

三味線堀の対岸、向柳原《むこうやなぎわら》の通りに夜鳴蕎麦屋の明かりが見えた。

浅吉は、夜鳴蕎麦屋に駆け寄った。

夜鳴蕎麦屋の屋台には、近くの武家屋敷の中間や小者が集まって蕎麦をすすり、酒を飲んでいた。

「邪魔するぜ。父っつあん、蕎麦と酒をくれ。冬は熱燗と温かい蕎麦に限るな」

浅吉は、中間や小者に笑い掛けた。

湯島天神男坂下の飲み屋『布袋屋』は、数少ない馴染客が楽しげに酒を飲んでいた。

新吾が、奥の小部屋から板場に出て来た。

「どうだ、具合は……」

亭主の伝六が、心配げに尋ねた。

「うん。息はようやく落ち着いて来たが、熱がな……」

「下がらねえか……」

伝六は眉をひそめた。

「うん」

新吾は、根津権現門前町で辻駕籠を呼び止めて高杉を乗せた。そして、湯島天神男坂下の飲み屋『布袋屋』に連れて来た。

飲み屋『布袋屋』の亭主の伝六は、快く高杉を迎えてくれた。

新吾は、高杉を板場の奥の小部屋に休ませた。高杉は、駕籠に揺られて来たせいか、息を弾ませていた。新吾は、熱冷ましの薬を飲ませて休ませた。

「そうか。心配だな」

伝六は、湯呑茶碗に酒を満たして新吾に差し出した。

「こいつは、ありがたい」

新吾は、嬉しげに湯呑茶碗の酒をすすった。

高杉は眠りに落ちた。

半刻が過ぎた頃、浅吉がやって来た。

新吾は、店の隅に浅吉を誘って徳利を差し出した。

浅吉は、猪口に酒を受けて飲み干した。

「どうだった……」

「睨み通りだ」

「来たか……」

「ああ。若い野郎は三枝と云ってな。高橋って中年の武士と四人の浪人を連れて根津権現に戻った」

「高杉さんを狙ったか……」

「ああ。だから火事だと騒ぎ立ててやった」

浅吉は苦笑し、高橋や三枝、浪人たちを追い返した顚末を話した。

「そして、高橋と三枝を追ってな」

「行き先を突き止めたか……」

「ああ……」

浅吉は、手酌で猪口に酒を満たした。

「何処だ」

「三味線堀の堀端にある近江国は高島藩の江戸下屋敷に入った」

浅吉は、猪口に満たした酒を飲んだ。

「近江高島藩の江戸下屋敷……」

新吾は眉をひそめた。

高杉恭一郎の命を狙った羽織袴の武士たちは、近江国高島藩江戸下屋敷にいる家臣なのだ。

高杉恭一郎と高島藩は、どのような拘わりがあるのだ。

高島藩は何故、高杉恭一郎の命を狙っているのか……。

高杉を狙っているのは、高島藩ではなく高橋と云う家臣自身の遺恨なのか……。

それとも、他に思いも寄らぬ事が秘められているのか……。

新吾に様々な疑念が湧いた。

北町奉行所同心詰所の大囲炉裏に掛けられた茶釜からは湯気が立ち昇っていた。

臨時廻り同心の白縫半兵衛は、茶釜の湯で茶を淹れて新吾に差し出した。

「畏れいります」

新吾は、半兵衛に小さく頭を下げた。

「近江の高島藩か……」

半兵衛は茶をすすった。

「ええ。どのような藩か御存知ですか……」

新吾は尋ねた。

「確か五万石の大名でね。駿河台に上屋敷があったな」

「家中の様子は……」

「そいつは私も良く知らないのだが、噂では一年程前、家中でいろいろ揉め事があってな。藩主の守役が急な病で死んだそうだ」

「藩主の守役が急な病で……」

新吾は眉をひそめた。

「うん。だが、急な病が本当かどうか……」

「半兵衛さんは、守役の死は病じゃあないと云うんですか……」

「殺されたり、切腹したのを急な病での死と取り繕うのは、武家にはよくある事だ」

半兵衛は苦笑した。

「じゃあ、守役も……」

新吾の顔に緊張が過ぎった。

「だが、そいつが家中の揉め事と拘わりがあるのかどうかは分らないし、飽く迄も噂だ」

半兵衛は、皮肉っぽい笑みを浮べた。

「噂ですか……」

「新吾、どの藩でも御公儀に知られたくない秘密の一つや二つは必ずあるよ」

「それはそうですが。半兵衛さん、急な病で死んだ守役、名は何と云うんですすか」

「さあな……」

半兵衛は首を捻った。

「分りませんか……」

新吾は、吐息を洩らした。

高杉恭一郎は、一年前の高島藩の揉め事や守役の死に拘わりがあるのか……。

新吾の疑念は募るばかりだった。

湯島天神の境内は、冬の寒さにも拘わらず参拝客で賑わっていた。

新吾は、男坂下の飲み屋『布袋屋』を訪れた。『布袋屋』は掃除の最中だった。

「父っつあん、邪魔するよ」

新吾は、店の何処かにいる筈の伝六に声を掛け、高杉恭一郎のいる筈の板場の奥の小部屋の板戸を開けた。

小部屋に高杉はいなく、蒲団が畳んであるだけだった。

新吾は眉をひそめた。

「おう。新吾さんか……」

伝六が外から戻って来た。

「父っつあん、高杉さんはどうした」

「そいつが、掃除をしている内にいなくなっちまってな。今、辺りを一廻り見て来たんだが、何処にもいねえんだよ」

伝六は吐息を洩らした。

「高杉さん、今朝の具合はどうだった」

「熱も下がり、随分楽になったと朝飯をお代わりしてな。俺の作った飯が美味い、美味いって……」

伝六は、嬉しげに笑った。

「そうか……」

熱の下がった高杉は、根津権現門前町の茶店の家作に帰ったのかもしれない。

「父っつあん、高杉さんの家に行ってみる」

新吾は、根津権現門前町の茶店に急いだ。


三味線堀の傍の高島藩の江戸下屋敷は、表門を閉ざして静まり返っていた。

浅吉は、斜向かいの旗本屋敷の中間部屋から高島藩江戸下屋敷を見張っていた。

旗本屋敷の中間頭とは、夜鳴蕎麦屋で親しくなって一分金を握らせた。中間頭は、喜んで中間部屋に入れてくれた。

浅吉は、高島藩の噂話を聞きながら高橋や三枝が動くのを見張った。

「へえ。一年前にな……」

「ああ。今の殿さまは家督を継いだばかりでな。主立った家来が殿さまの弟君を担いで謀反を企んだそうだ」

中間頭の満吉《まんきち》は、面白そうに笑いながら囁いた。

「謀反……」

浅吉は、少なからず驚いた。

「ああ。尤も殿さま、家来に謀反を起こされても仕方がねえ野郎だそうだ」

　中間頭は嘲笑した。

「どんな野郎だ」

「我儘でな、領民や家来を人とも思っちゃあいねえ外道だ」

「絵に描いたような馬鹿殿さまだな」

　浅吉は苦笑いした。

「ああ……」

「それで、謀反はどうなったんだい」

「そいつが、殿さまに厳しく説教して謝らせた家来がいてな。どうにかこうにか治まったって話だ」

　中間頭は、残念そうに笑った。

「殿さまに説教して謝らせたのは、どんな家来なんだい」

「何でも子供の頃からのお守役だそうだぜ」

「お守役か……」

　我儘な若い殿さまは、子供の頃からのお守役に厳しく説教されて謝り、高島藩は事なきを得た。

良い家来を持った殿さまだ……。

浅吉がそう思った時、高島藩江戸下屋敷の潜り戸から三枝孝之助《こうのすけ》が出て来た。

三枝が出掛ける……。

浅吉は見守った。

三枝は、大きな溜息を洩らして重い足取りで出掛けた。

浅吉は、旗本屋敷の中間部屋を出て追った。


根津権現門前町の茶店では、参拝帰りの客が茶を飲んでいた。

新吾は、茶店の裏に廻って高杉の家を訪れた。

「高杉さん……」

新吾は、高杉の名を呼んで戸を叩いた。だが、家の中から高杉の返事はなかった。新吾は戸を開け、家の中を覗いた。家の中は、新吾と共に出掛けた刻のままになっていた。

高杉は家に帰って来ていない。

新吾は見定めた。

何処に行ったんだ……。

新吾は、微かな焦りを覚えた。

「あの……」

女の戸惑った声がした。

新吾は驚き、振り返った。

香苗が、いつの間にか背後にいた。

「香苗さん……」

新吾は、気付かなかった己に思わず慌てた。

「神代さま、兄は……」

「はあ、それが……」

新吾は、言葉に詰まった。

「何かあったのですか……」

香苗は不安を滲ませた。

根津権現の境内には、落ち葉を燃やす煙が棚引いていた。

「兄が姿を消した……」

香苗は眉をひそめた。

「ええ。熱が下がったので家に戻ったかと思ったのですが。何処に行ったのか心当り、ありませんか……」

「さあ……」

香苗は、緊張を過ぎらせた。

「処で香苗さん。高杉さん、高島藩とどのような拘わりがあるのですか……」

「えっ……」

香苗は、不意を衝かれたように狼狽えた。

何かある……。

新吾の勘が囁いた。

「高島藩にございますか……」

香苗は、新吾に探るような眼を向けた。

「ええ。高杉さんと斬り合ったのも、様子を窺っていたのも高島藩家中の者でして、拘わりがあるのは間違いないのですがね」

新吾は、香苗の反応を窺った。

「そうですか……」

香苗に迷いと躊躇いが浮かんだ。

もう一押しだ……。

新吾は攻めた。

「一年前、高島藩には揉め事があったと聞き及びます。ひょっとしたら、その揉め事が絡んでいるのかもしれません」

「神代さま……」

香苗は緊張を滲ませた。

「このままでは、高杉さんは高島藩から命を狙われ続けます」

「そんな……」

香苗に緊張が張り詰めた。

「香苗さん、どんな事でも構いません。知っている事があれば、教えて下さい」

「神代さま……」

香苗は、自分の中に漲る緊張に耐えられなかった。

「私共は、元近江国高島藩家中の者にございます」

香苗は、昔を思い出すように遠くを眺めた。

「元高島藩家中……」

新吾は眉をひそめた。

「はい」

香苗は、哀しげに頷いた。

根津権現の境内には、落ち葉を燃やす煙が漂い、参拝客が行き交っていた。

三

一年前、近江国高島藩の領民や家来たちは、新しく藩主になった金森康正《かなもりやすまさ》の横暴と狼藉に苦しんだ。そして、心ある家臣たちは、康正を隠居させて弟・紀正《のりまさ》を藩主にしようと企てた。

半兵衛に聞いた噂の通りだ……。

新吾は、香苗の話を聞き続けた。

事が公儀に知れれば、高島藩は取り潰しを免れない。

心配した守役の高杉兵部《ひょうぶ》は、康正に厳しく諫言をして己の非を認めさせ、領民や家臣たちに謝罪させた。

高島藩の騒動は、公儀に知れる事もなく終息した。

騒動は終息したが、遺恨は思わぬ処に残った。

己の非を認め、謝罪した藩主の金森康正は、諫言した守役の高杉兵部を憎んだ。守役の高杉兵部が、非を認める事と謝罪を強要したと憎み、遺恨を抱いたのだ。

守役の高杉兵部は、高杉恭一郎と香苗の父親だった。

「それで、藩主の金森康正さま、どうしたのですか……」

「父を闇討ちしたのです」

香苗は、口惜しさに声を震わせた。

「闇討ち……」

新吾は驚いた。

「はい。家来たちに命じて……」

守役の高杉兵部は、主の金森康正に闇討ちされた。

「そして、父の遺体を病による急死として送り届けたのです。兄は父の遺体を引き取って弔い、埋葬して、そのまま私を連れて高島藩を退転したのです」

高杉恭一郎は、妹の香苗を旗本家の養子になった叔父に預け、江戸の片隅に姿を隠した。

金森康正は激怒し、高杉恭一郎に討手を放った。だが、高杉恭一郎は中々見つからなかった。そして、一年が過ぎた頃、討手を命じられた家来たちは、ようやく高杉恭一郎を見つけた。

討手は高杉恭一郎を討ち果たそうとした。だが、一刀流の剣客の高杉の剣は鋭く、討手を寄せ付けはしなかった。

「高島藩藩主の金森康正はお父上の仇、高杉さんはさぞや……」

新吾は、高杉恭一郎の怒りを予想した。

「いいえ。兄は怒りませんでした。怒らない処か、父が康正さまに闇討ちされたのを驚きもしませんでした」

「驚かなかった……」

新吾は戸惑った。

「はい。主に諫言して不興を買い、手討ちに合うのは守役の運命。父上も覚悟の諫言。闇討ちに遭わなければ、主に楯突いた不忠者として自ら腹を切ったであろうと……」

香苗は、溢れる涙を堪えるかのように空を眺めた。

新吾は、高杉兵部の守役としての覚悟を知り、息子である高杉恭一郎の冷静で潔い生き様に触れた。

「それなのに、康正さまは主家を侮り、見限ったと兄を憎み続けているのです」

香苗は、溢れる涙を拭った。

高島藩藩主金森康正は、高杉恭一郎に次々と討手を差し向けている。そして、高杉恭一郎は姿を隠した。

高杉恭一郎は何をする気なのか……。

新吾は胸騒ぎを覚えた。


三味線堀の江戸下屋敷を出た三枝は、武家屋敷街を抜けて新堀川を渡り、蔵前の通りに出た。蔵前の通りは、神田川に架かる浅草御門と浅草広小路を繋いでいる。

三枝孝之助は、蔵前の通りを浅草御門に進んだ。

浅吉は追った。

神田川に架かる浅草御門を渡った三枝は、両国広小路を抜けて両国橋に急いだ。

大川の流れは鈍色に輝いていた。

三枝は、大川に架かる両国橋を渡って本所に入った。

何処に行くのだ……。

浅吉は、三枝を尾行した。

三枝は、竪川沿いの道を進んで二ツ目之橋を渡り、橋の袂にある開店前の小さな飲み屋の前に立ち止まった。

浅吉は、素早く物陰に身を潜めた。

三枝は、辺りを見廻して開店前の小さな飲み屋に入った。

開店前の飲み屋に入るのは、店の者と知り合いか、余程の馴染だ……。

浅吉は睨んだ。

開店前の小さな飲み屋は、静けさに覆われていた。

浅吉は、辺りに聞き込みを掛けた。

荷船は、櫓の軋みを響かせて竪川を下って行った。

小さな飲み屋は、おきみと云う名の若い女将が一人で営んでいた。そして、羽織袴の若い武士が時々訪れて泊まっていた。

羽織袴の武士が三枝孝之助であり、若い女将のおきみと情を交わす仲なのだ……。

浅吉は睨んだ。

半刻が過ぎた。

三枝が、小さな飲み屋から出て来る気配はなかった。

静か過ぎる……。

浅吉は、不審を感じて小さな飲み屋に忍び寄り、店の中の様子を窺った。

微かに血の臭いがした。

しまった……。

浅吉は、小さな飲み屋に踏み込んだ。

狭い店内には血の臭いが溢れ、首の血脈を刎ね斬られた三枝孝之助の死体が転がっていた。

浅吉は、眉をひそめて店の奥に入った。

猿轡を噛まされた若い女が、手足を縛られて気を失っていた。女将のおきみだ。

浅吉は、おきみの猿轡を外し、顔に水を浴びせた。

気を取り戻したおきみは、恐怖に激しく泣き出した。

「誰にやられた」

浅吉は尋ねた。

「背の高い痩せた浪人が……」

おきみは、すすり泣きながら声を引き攣らせた。

高杉恭一郎……。

浅吉は、三枝を斬ったのが高杉だと気が付いた。

おそらく高杉は、三味線堀の江戸下屋敷前から三枝を追って来た。そして、浅吉が聞き込みに行った僅かな隙に、三枝を殺めて消えたのだ。

浅吉は読んだ。

高杉が三枝を殺したのなら、高橋も斬るかもしれない。

もしそうなら、高杉は高島藩江戸下屋敷に戻る筈だ。

浅吉は睨んだ。

おきみは泣き続けた。

このままでは面倒に巻き込まれるだけだ……。

浅吉は、おきみの手を縛った縄を解き、素早く小さな飲み屋を出た。そして、竪川沿いの道を大川に向かった。

おきみが、足の縄を解いて人に報せる頃には、両国橋を渡って広小路の人混みに紛れている筈だ……。

浅吉は、自分が何処の誰か、おきみに知られるのを恐れた。

大川に架かる両国橋には冷たい川風が吹き抜け、人々は身を縮めて足早に行き交っていた。

香苗は、兄の高杉恭一郎の行き先に心当りはなかった。そして、高杉が茶店の裏の借家に帰って来るとも思えなかった。

新吾は、高杉を捜す当てもなく三味線堀の傍の高島藩江戸下屋敷に来た。そして、張り込んでいる筈の浅吉を捜した。だが、浅吉は何処にもいなかった。

高橋と三枝が動き、追って行ったのかもしれない……。

新吾は、物陰に潜んだ。

高島藩江戸下屋敷は表門を閉じ、静けさに覆われていた。

僅かな刻が過ぎた。

三味線堀の堀端に浅吉が現れた。

新吾は、物陰を出た。

浅吉は新吾に気付き、その動きを見守った。

新吾は、浅吉を誘うように三味線堀の船溜りに向かった。

船溜りには、大名旗本家の持ち船が揺れていた。

「高杉さん、どうしたんだ……」

浅吉は、新吾に険しい眼を向けた。

新吾は、浅吉が高杉の失踪を知っていたのに戸惑った。

「何かあったのか……」

「ああ。三枝孝之助が本所の飲み屋で斬り殺された。手に掛けたのは、背の高い痩せた浪人だそうだ」

「何だと……」

新吾は驚いた。

「高杉さんに間違いねえだろう。どうなっているんだ」

浅吉は、微かな苛立ちを過ぎらせた。

「今朝、俺が布袋屋に行った時には、既に姿を消していたんだ」

新吾は、出し抜かれた口惜しさを滲ませた。

「それにしても、どうして……」

浅吉は眉をひそめた。

「そいつなんだがな、浅吉……」

新吾は、高島藩藩主金森康正と守役の高杉兵部の一件を告げた。そして、高杉恭一郎と香苗が兵部の子供だと教えた。

浅吉は、高島藩の高橋や三枝が高杉恭一郎を襲った理由を知った。

「じゃあ、高杉さんが三枝を斬ったのは、殿さまや高島藩に愛想を尽かしての所業か……」

浅吉は読んだ。

「うん。おそらく高杉さん、もう何もかも諦めたのかもしれぬ」

新吾は、暗澹たる思いで告げた。

冷たい風が吹き、船溜りに繋がれた船が不安げに揺れた。

本所竪川二ツ目之橋の南詰《みなみづめ》にある小さな飲み屋には、役人や野次馬が集まっていた。

白縫半兵衛は、三枝孝之助の死体を検《あら》めた。首の血脈を一太刀……。

三枝は、刀の柄を握ったまま抜かずに絶命していた。

恐ろしい程の手練れだ……。

半兵衛は吐息を洩らした。

「半兵衛の旦那……」

岡っ引の本湊の半次が、奥の部屋から出て来た。

「仏さんの身許、分ったかい」

「はい。女将のおきみの話じゃあ、近江高島藩の家来の三枝孝之助さんだそうです」

「高島藩……」

半兵衛は、新吾が高島藩の評判を聞きに来たのを思い出した。

「ええ。それで背の高い痩せた浪人が、不意に入って来て三枝さんを斬り、おきみを縛って出て行ったと……」

「背の高い痩せた浪人か……」

半兵衛は眉をひそめた。

「ええ。それから旦那……」

半次は声を潜めた。

「どうした」

半兵衛は戸惑った。

「遊び人のような若い男が、おきみの手を縛った縄を解いて出て行ったそうでしてね」

「若い遊び人……」

「ええ。それで、おきみに人相を聞いたんですが、どうも手妻の浅吉に似ていましてね」

半次は、厳しさを過ぎらせた。

「手妻の浅吉……」

半兵衛は少なからず驚いた。

「ええ。まあ、浅吉らしい遊び人は、おきみを助けただけですが、何か心当りありますか」

「う、うん。新吾に高島藩の評判を聞かれた事があったよ」

「その高島藩の評判、三枝殺しに拘わりがあるんですかね」

「その辺は、新吾に聞いてみるしかあるまい」

「はい……」

半次は頷いた。

新吾なら、背の高い痩せた浪人の素性や三枝孝之助が殺された理由を知っているのかもしれない。

近江国高島藩……。

半兵衛は、三枝殺しの背後に潜むものが気になった。

神田川の流れには、冬の陽差しが弱々しく映えていた。

高杉恭一郎は、湯島の聖堂を右に見ながら神田川の北岸の道を進んだ。

行く手の神田川に御茶ノ水の上水樋が見えた。御茶ノ水は、名水の井戸があった処から付けられた地名だった。

高杉は、上水樋の向かい側の通りに曲がり、本郷の武家屋敷街に進んだ。そして、或る旗本屋敷の門前に佇んだ。

「これは恭一郎さま……」

年老いた下男が、皺だらけの顔を懐かしさに歪めて屋敷から駆け出して来た。

「おお、竹造《たけぞう》。達者だったか……」

下男の竹造は、高杉と香苗が高島藩を退転した時、只一人連れて来た奉公人だった。高杉は、その竹造を香苗と共に叔父に預けた。

父の弟である叔父は、幼い頃に三百石取りの旗本家の養子となり、家督を継いでいた。

「はい。お陰さまで。さあ、叔父上さまも香苗さまもおいでになります。お入り下さい」

竹造は、高杉を屋敷に誘った。

「いや。叔父上にはこの書状を、香苗には父上の形見のこの脇差を渡してくれ」

高杉は、竹造に叔父宛の書状と腰の脇差を抜いて差し出した。

「恭一郎さま……」

竹造は、高杉の尋常ならざる様子を敏感に感じ取り、書状と脇差を受け取るのを躊躇った。

「竹造、康正さまへの父上の諫言、貫くには最早これしかないのだ」

高杉は、厳しさを滲ませて書状と脇差を竹造に渡した。

「ですが、せめて香苗さまだけにでも……」

「竹造、未練だ」

高杉は、淋しげに笑った。

竹造は顔を歪めた。

「竹造、叔父上は将軍家直参旗本、如何に大名の康正さまでも香苗に下手な手出しは出来ぬ。竹造、この通りだ。香苗を宜しく頼む」

高杉は、竹造に深々と頭を下げた。

「恭一郎さま……」

竹造は項垂れ、洗いざらしの手拭で顔を覆って肩を小刻みに揺らした。

「叔父上に、御恩は生涯忘れぬとな」

高杉は足早に立ち去った。

竹造は、書状と脇差を抱え、皺だらけの顔を歪めて泣いた。

高杉は、神田川沿いの道を戻った。

冷たい風が、高杉の鬢の解れ髪を揺らした。


北町奉行所同心詰所の大囲炉裏には、盛られた炭が真っ赤に熾きていた。

「金森康正、愚かな殿さまだな……」

半兵衛は、新吾の話を聞き終えた。

「はい。泣くのは心ある家臣と領民です」

新吾は、腹立たしげに吐き棄てた。

「そして、高杉さんは三枝を斬ったか……」

「きっと……」

「新吾。高杉さん、どうやら腹を決めたようだな」

半兵衛は睨んだ。

「ええ……」

新吾は頷いた。

「あの、神代さま……」

小者が顔を出した。

「なんだ」

「へい。高杉恭一郎さま妹の香苗さまと申される方がお見えにございます」

小者は告げた。

「香苗さんが……」

新吾は眉をひそめた。

道三堀に小波が走った。

「高杉さんが……」

新吾は緊張した。

「はい。叔父に世話になった礼を認《したた》めた書状を残し、私に亡き父形見の脇差を遺して立ち去りました」

「御父上形見の脇差……」

「はい。我が身から放さず、大切にしていたものにございます」

「その脇差を置いて行きましたか……」

「はい。神代さま……」

香苗は、心配げに眉をひそめた。

「香苗どの、高杉さんは、亡き御父上のお志を全《まっと》うされようとしているのです」

高杉恭一郎は、金森康正に最後の諫言をしようとしている……。

新吾は、高杉の心を推し測った。

四

高島藩江戸下屋敷に緊張が張り詰めた。

それは、血相を変えた若い家来が、駆け込んでからの事だった。

浅吉は、斜向かいの旗本屋敷の中間部屋から見守っていた。

三枝孝之助の死が役人から江戸上屋敷に報され、若い家来が駆け付けて来た。

そして、江戸下屋敷に緊張が張り詰めたのだ。

浅吉がそう読んだ時、江戸下屋敷から若い家来と高橋たち下屋敷詰の者が現れ、向柳原の通りを神田川に急いだ。

恐らく駿河台にある高島藩江戸上屋敷に行くのだ……。

浅吉は、旗本屋敷を出て高橋たちを追った。

半次が、背後からやって来て並んだ。

「こいつは半次の親分……」

浅吉は戸惑った。

「奴らの行き先、駿河台の上屋敷かな」

半次は睨んだ。

「きっと……」

浅吉は、戸惑いながら頷いた。

半次は、高島藩江戸下屋敷の周囲に浅吉を捜し、見張っていた。

「本所の飲み屋の女将、おきみの縄を解いたのは浅吉、お前だな」

「さあ……」

浅吉は、惚けてみせた。

「まあ、いいさ」

半次は苦笑した。

「それより、三枝を斬ったのは誰なんだ」

「親分、そいつはまだ何とも……」

浅吉は真顔で答えた。

「そうか……」

高橋たちは、神田川に架かる新シ橋を渡り、柳原通りを駿河台に急いだ。

浅吉と半次は追った。


雲は低く垂れ込めた。

近江国高島藩江戸上屋敷は駿河台胸突坂にあった。

新吾は、半兵衛と共に高島藩江戸上屋敷の閉じられた表門前に佇んだ。

江戸上屋敷は静かだった。

「高杉、まだ現れちゃあいないようだね」

半兵衛は、江戸上屋敷を眺めた。

「ええ……」

高杉は、亡き父親の命懸けの諫言を無駄な戯れ言にしたくない筈だ。無駄な戯れ言にしない為には、殿さまの金森康正に諫言を守らせるしかない。だが、愚か者の康正に、諫言を守らせる手立ては只一つしかない。

新吾と半兵衛は、それがどのような手立てか気付いた。

「最早、高杉にはそれしか手立てはありませんか……」

新吾は、哀しげに眉をひそめた。

「新吾……」

「半兵衛さん、私は高杉恭一郎を死なせたくありません」

「新吾、三枝を斬ったからには、後戻りは出来ないだろう」

「ですが、馬鹿な殿さまの為に父子二代、死ぬ事はない」

新吾は、怒りと口惜しさを滲ませた。

「せめて、命だけは助けてやりたい……」

「ならば、やるしかあるまい」

半兵衛は苦笑した。

「半兵衛さん……」

新吾は戸惑った。

「新吾、上屋敷の中で高杉を待とう」

「上屋敷……」

新吾は戸惑った。

「うん。高島藩家中のみんなも、三枝が誰に斬られたか知りたいだろうしね」

半兵衛は、高島藩家中に探りを入れながら高杉の現れるのを待つ気だ。

「成る程、お供します」

新吾は頷いた。

「うん……」

半兵衛は、上屋敷の表門脇の潜り戸を叩いた。

高島藩江戸上屋敷は、言い知れぬ緊張感に満ちていた。

半兵衛と新吾は、式台脇の供待《ともまち》部屋に通され、四半刻近く待たされた。供待部屋には手焙りもなく、底冷えがした。

「茶も出さず、随分待たせますね」

新吾は、苛立ちを過ぎらせた。

「ま。これで高島藩家中がどんなものか良く分ったよ」

半兵衛は淡々と告げた。

「そりゃあまあそうですが、酷い扱いですね」

「新吾、その礼はたっぷりしてやるよ」

半兵衛は不敵に笑った。

「お待たせ致した」

中年の家臣が入って来た。

「拙者、高島藩目付篠崎義之助《しのざきよしのすけ》だが……」

「私は北町奉行所臨時廻り同心白縫半兵衛」

「同じく神代新吾です」

「うむ。で、用とは……」

篠崎は横柄に頷き、早々に話を済ませようとした。

半兵衛は苦笑した。

「はい。御家中の三枝孝之助どのが本所の居酒屋で斬られた一件ですが……」

「白縫どのと申されたな」

篠崎は、半兵衛を遮った。

「はい」

「三枝孝之助は我が高島藩家中の者。町奉行所の支配違い。おぬしたちに拘わりなかろう」

篠崎は侮りを窺わせた。

「いえ。三枝どのが斬られた場所は本所の飲み屋……」

本所の飲み屋は町家であり、町奉行所の支配だ。

「そして、三枝どのを斬ったのは着流しの浪人、我ら町奉行所の支配……」

半兵衛は、町奉行所の探索に不都合はないと匂わせた。

篠崎は、侮りを消した。

「篠崎どの、三枝どのは刀を抜かず、首の血脈を一太刀で刎ね斬られています。三枝どのは、剣の心得がなかったのですかな」

武士が、刀を抜き合わせずに斬られるのは武門の恥辱だ。

半兵衛は、嘲りを滲ませた。

「し、白縫どの……」

篠崎は、微かに狼狽した。

家臣の恥辱は、主の大名家の恥辱でもある。

「そして、三枝どのを斬ったのは、背の高い痩せた浪人。いろいろ探ってみると高島藩縁の者とか……」

半兵衛は、冷たい笑みを浮べた。

「そ、それは……」

篠崎の狼狽は募った。

「三枝どの斬殺の一件、どうやら貴藩に拘わりがあるような……」

半兵衛は、篠崎の出方を窺った。

篠崎は、言葉もなく青ざめた。

「我ら町奉行所の探索、どうあっても迷惑だと申されるならば、手前共は勝手に探索を進め、分った事を天下に披露し、大目付に報せる迄……」

大目付は、大名の監察・摘発をする役目だ。

下手をすれば、藩主康正は切腹、高島藩は取り潰しになる。

篠崎は、観念したように眼を閉じ、刀の柄を握って片膝をついた。

刹那、半兵衛が僅かに動いた。

新吾は眼を見張った。

半兵衛は、刀を抜こうとした篠崎の肘を押さえていた。

篠崎は、屈辱と口惜しさに震えた。

「篠崎どの、すべては藩主康正さまの心ない振る舞いと、それを諫言した守役の闇討ちから始まった事……」

半兵衛は、篠崎を突き飛ばして抜き打ちの構えを取った。

田宮流抜刀術だ。

「違いますか……」

半兵衛は微笑んだ。

白縫半兵衛は何もかも知っている……。

篠崎は、半兵衛の恐ろしさに打ちのめされ、力なく項垂れた。

「篠崎どの、事を穏便に済ませたければ、康正さまを一刻も早く出家させると約束するのですね」

「出家……」

篠崎は驚愕した。

「左様……」

半兵衛は頷いた。

高杉恭一郎は、高島藩藩主金森康正が出家して坊主になると約束すれば、襲撃を思い止まる可能性はある。

襲撃を思い止まれば、高杉は死なずに済むかもしれない……。

新吾は、微かな明かりを見た。

駿河台胸突坂に風が吹き抜けた。

高杉恭一郎は、表門脇の潜り戸を叩いた。

「何方でしょうか……」

中間が窓から覗いた。

高杉は、素早く身を隠した。

中間は、怪訝な面持ちで潜り戸を開けた。

次の瞬間、高杉は中間に襲い掛かって当て落し、屋敷内に入った。

高橋たちが、胸突坂を駆け上がって来た。そして、潜り戸が開け放され、中間が倒れているのに気が付いた。

「高杉だ。高杉が屋敷に忍び込んだ」

高橋は、血相を変えて屋敷に駆け込んだ。家来たちが我先に続いた。

浅吉と半次は見た。

「浅吉……」

半次は眉をひそめた。

「ええ。高杉さん、上屋敷に踏み込んだようですね」

浅吉に不安と諦めが交錯した。


外が騒がしくなった。

「篠崎さま……」

部屋の外から切迫した声がした。

「どうした……」

篠崎は、不安を過ぎらせた。

「曲者が忍び込んだようにございます」

「なに……」

篠崎は、弾かれたように立ち上がり、慌てて部屋を出て行った。

「半兵衛さん……」

新吾は眉をひそめた。

「どうやら間に合わなかったな」

半兵衛は、淋しさを過ぎらせた。

「はい……」

新吾は口惜しげに頷き、厳しい面持ちで部屋の外を窺った。

血相を変えた家臣たちが、慌ただしく行き交っていた。

高島藩江戸上屋敷は、三千五百坪の敷地を誇っていた。

高杉恭一郎は、土蔵の裏手を通って藩主の金森康正のいる奥御殿に向かった。

家来たちの警戒する声が飛び交っていた。

高杉は急いだ。


御座之間の襖は開け放たれていた。

康正は苛立った。

「おのれ、慮外者が。斬れ、早々に高杉恭一郎を斬り棄てい」

康正は、江戸家老や近習《きんじゅ》たちに怒鳴り散らした。江戸家老と近習たちは、慌てて表御殿に走った。

御座之間に康正と側小姓《そばこしょう》が残った。

「父子共々小癪な真似をしおって。恭一郎、必ず成敗してくれる」

康正は、怒りを露わにした。

側小姓が、驚きの声を短くあげた。

「あっ……」

「どうした」

康正は、怪訝に振り返った。

庭先に高杉恭一郎が現れ、音もなく御座之間にあがって来た。

「く、曲者にございます。曲者にございます」

側小姓は激しく狼狽し、転がるように表御殿に走った。

高杉は、康正を見据えた。

「高杉恭一郎……」

康正は、虚を衝かれたかのように呆然とした。

「康正さま、尋常の勝負を……」

高杉は冷たく告げた。

次の瞬間、康正は我に返り、奇声をあげて刀を取って抜き払った。

高杉は、嘲りを滲ませて刀を抜いた。

「おのれ、主に刃向かう不忠者め」

康正は、声と刀を震わせた。

「不忠者ですか……」

高杉は苦笑した。

「そうだ。父子揃っての不忠者だ」

康正は醜く罵った。

「康正さま、某は不忠者ですが、亡き父は不忠者ではございませんぞ」

「黙れ……」

高杉と康正は対峙した。

剣の腕の差は歴然としており、康正は高杉の敵ではなかった。

康正の刀は、恐怖に小刻みに震えた。

「殿……」

江戸家老と高橋、そして目付の篠崎たちが駆け付けて来た。

「皆の者、斬れ、高杉を斬れ」

康正は叫んだ。

高杉は、静かに康正に近付いた。

「寄るな、寄るな。誰か……」

康正は恐怖に震えた。

高橋と篠崎たちが、刀を抜いて高杉を取り囲んだ。

高杉は、構わずに康正に迫った。

「寄るな。不忠者」

康正は叫んだ。

刹那、高杉の刀が横薙ぎに閃いた。

康正は、言葉を飲んで眼を見開き、斬られて血の滲み出す胸元を抱えた。

「き、恭一郎……」

康正は、顔を歪めて泣き出した。

「御免……」

高杉は淋しげに告げ、康正を真っ向から斬り下げた。

康正は額から血を噴き上げ、大きく仰け反って倒れた。

「殿……」

江戸家老が、血相を変えて康正に駆け寄った。康正は絶命していた。

「殿……」

江戸家老は悲痛に叫んだ。

高橋と篠崎たち家来が、激しく狼狽しながらも高杉に迫った。

高杉は振り返った。

高橋と篠崎たちは、思わず後退りした。

次の瞬間、高杉は康正の血に濡れた刀を己の腹に突き刺した。

高橋と篠崎たちは息を飲んだ。

高杉は、腹に突き刺した刀を真横に引いた。

血が溢れ、滴り落ちた。

高杉は立ち腹を切り、その場に膝から崩れ落ちて息絶えた。

静寂が辺りに広がった。

「おのれ……」

高橋が、静寂に耐えきれず甲高い声で叫んだ。そして、息絶えた高杉に駆け寄り、刀を上段に構えた。

「待て」

新吾の声が響いた。

高橋と家来は、声のした庭先を見た。

庭先に新吾と半兵衛がいた。

「高杉恭一郎どのは、見事に腹を切って果てた。その遺体を傷つけるは、武士の風上にも置けぬ愚かな行い。恥を知れ」

新吾は声を震わせた。

「黙れ。高杉恭一郎は、我が殿のお命を奪った慮外者。成敗してくれる」

高橋は、怒りを露わにした。

「その高杉恭一郎の命を狙い、昔の主を斬る迄に追い込んだのは誰ですか……」

半兵衛は、高橋や篠崎たち家来を厳しく見据えた。

篠崎や高橋たち家来は微かに怯んだ。

「我儘な主を諌めもせず、我が身大事の保身の為に見て見ぬ振りをしたお手前たちに、何の責めもないと申されるか……」

「白縫どの……」

篠崎は困惑した。

「篠崎どの。藩主金森康正さま、藩を退転した元家臣に斬られた此の一件。高島藩江戸上屋敷の中だけで済むと思われるな」

半兵衛は、事の真相が公儀に報されると匂わせた。

公儀が知れば、高島藩は只では済まない。良くて減知、下手をすれば藩は取り潰されてお家は断絶にされる。

「だ、黙れ。高が町方の不浄役人……」

高橋は、藩を取り潰される恐怖を消し去ろうといきり立った。

「控えい、高橋……」

江戸家老は、厳しく高橋を遮った。

「御家老……」

江戸家老は高橋を無視し、半兵衛と新吾に向かい合った。

「この通りです。高島藩をお助け下され」

江戸家老は、半兵衛と新吾に深々と頭を下げた。

「ならば、何もなかった事にすると申されるか……」

「左様。我が殿は急な病での不慮の死……」

江戸家老は項垂れた。

「分かり申した。新吾……」

半兵衛は、新吾に目配せをした。

「はい」

新吾は、御座之間に上がって高杉の遺体に己の黒紋付羽織を着せ、刀の下げ緒で固く縛って背負った。

「康正さま急な病での死ならば、高杉恭一郎に最早用はありますまい……」

半兵衛は告げた。

新吾は、取り囲んでいる高橋や篠崎たちを見据えた。

「道を開けて貰おう……」

新吾は声を嗄らした。

篠崎は身体を退かした。高橋たちが続いた。

新吾は、高杉を背負って表門に向かった。

家来たちは、次々と道を開けた。

新吾は、高杉を背負って家来たちの中を進んだ。

「御免……」

半兵衛は、江戸家老に会釈をして続いた。

雲は低く垂れ込め、今にも雪が降り出しそうな気配だった。

高杉を背負った新吾と半兵衛は、高島藩江戸上屋敷を出た。

潜り戸は音を立てて閉められた。

「旦那、新吾さん……」

半次と浅吉は、新吾と半兵衛に駆け寄った。

「新吾さん……」

浅吉は、絶命している高杉を見つめた。

「浅吉。高杉さんは、康正を討ち果たし、見事に腹を切った」

「そうか……」

浅吉は、高杉の遺体に手を合わせた。

半次が続いた。

「さあて、どうする……」

半兵衛は、新吾に尋ねた。

「高杉さんを根津権現の家に連れて行きます」

「それがいいだろう」

半兵衛は頷いた。

「はい。高杉さん、家に帰ろう……」

新吾は、背中の高杉に語り掛けて胸突坂を下り始めた。

浅吉は、半兵衛と半次に一礼して新吾に続いた。

「旦那……」

半次は眉をひそめた。

「高島藩は康正を病死と公儀に届け、若さまに家督を継がせるだろう」

「それで、お家安泰ですか……」

「うん。それが、高杉さんと亡き御父上の願いだったのは、新吾も良く知っているよ」

半兵衛は、去って行く新吾たちを見送った。

雪が舞い始めた。

「初雪か……」

半兵衛は、雪の降る暗い空を見上げた。

高杉を背負った新吾と浅吉は、降り始めた雪の中を去って行く。

駿河台胸突坂の武家屋敷街は、静かに雪化粧を始めた。

雪は音もなく降り続き、高杉と康正の死を何事もなかったかのように覆い隠す。

高杉を背負った新吾と浅吉の姿は、雪化粧を始めた武家屋敷街に溶け込んでいった。

雪は降る……。

第四話

木戸番

一

冬の寒さは続いた。

小石川養生所の通いの患者には、相変わらず風邪を引いた者が多かった。

北町奉行所養生所見廻り同心の神代新吾は、賄所の管理、物品購入の吟味、病人部屋の見廻り、薬煎の立合いなどに忙しい一日を終えた。

申の刻七つ半（午後五時）が過ぎ、通いの患者も少なくなった。

新吾は、帰り仕度をして玄関に向かった。

玄関には介抱人で産婆のお鈴が、薬籠を持って出掛けようとしていた。

「お鈴さん、これから往診か……」

新吾は、お鈴の持っている薬籠に気付いて眉をひそめた。

冬の申の刻七つ半、外は既に暗い。

「ええ。今日来る筈のおたみさんが来なかったので、ちょっと見て来ようかと思って……」

おたみは身籠もっており、二十日に一度は産婆のお鈴の検診を受けに来る事になっていた。今日はその二十日に一度の検診の日だったが、おたみは来なかった。

お鈴は心配した。

「そうか。おたみの亭主、確か木戸番だったな」

「はい。駒込片町の木戸番です」

「白山通りの駒込片町か……」

「はい」

「よし。帰り道だ。送って行くよ」

新吾は提灯に火を灯し、お鈴と一緒に養生所を出て白山通りに向かった。

提灯の明かりは瞬いた。

新吾は、お鈴の足元を提灯で照らして夜道を進んだ。

「おたみ、順調なのか……」

「はい。来月には岩田帯をして貰おうと思っています」

「そうか……」

おたみは、木戸番の矢吉《やきち》の女房であり、三十歳で初めて子供を授かった。

おたみは喜んだ。それ以上に喜んだのが亭主の矢吉だった。矢吉は、待ちに待った子供に喜び、張り切って木戸番の仕事に励んだ。

おたみは、今迄に二度も流産しており、今度こそは無事に産みたいと願っていた。そして、養生所の産婆のお鈴の許を訪れた。

お鈴は、養生所肝煎りの本道医小川良哲の許で修業し、既に産婆として認められていた。

お鈴は、おたみに同情した。

無事に赤ん坊を産ませてやりたい……。

お鈴は、おたみのお産の産婆を引受けた。

以来、おたみは二十日毎に養生所を訪れてお鈴の検診を受けていた。

そのおたみが、検診の日に養生所に来なかった。

養生所に来られない程、身体の具合が悪くなったのかもしれない……。

お鈴は心配になり、おたみの家に行ってみる事にしたのだ。

新吾とお鈴は白山通りを進み、駒込片町の木戸番屋に向かった。

木戸番屋は自身番の向かい側にあり、木戸番は町に雇われていた。木戸番の仕事は、隣町との境にある木戸の管理と夜廻りが主であり、捕物の案内や手伝いをする事もあった。

行く手に町木戸と木戸番屋が見えた。

「あそこだな」

「はい」

新吾は、お鈴と共に駒込片町の木戸番屋に急いだ。

木戸番屋は、草鞋《わらじ》や炭団《たどん》、渋団扇などの荒物を売っていた。そして、中には夏は金魚、冬は焼芋を売る木戸番屋もあった。

駒込片町の木戸番屋は、既に大戸を降ろしていた。

お鈴は、明かりの洩れている潜り戸を小さく叩いた。

「はい。何方でしょうか……」

おたみの疲れた声が家の中からした。

「おたみさん、養生所のお鈴です」

お鈴は潜り戸を開けた。

荒物が並べられた店の奥に部屋があり、行燈が灯されていた。

「これはお鈴先生……」

おたみは、裁縫道具と縫っていたお襁褓《しめ》を慌てて片付けた。その左目の縁には青い痣があった。

「どうしたのです」

お鈴は、慌てて家に上がった。

「いいえ。大した事ではありません」

「そんな……」

お鈴は、おたみの顔の痣を診た。

新吾は睨んだ。

青痣は殴られた痕だ……。

部屋の火鉢には僅かな炭が熾され、質素な晩飯が仕度されていた。

「怪我は大した事はありませんね。新吾さま、水を汲んで来て下さい」

お鈴は頼んだ。

「心得た」

新吾は土間に降り、手桶を持って裏の井戸に行った。

「とにかく横になって下さい」

お鈴はおたみを寝かせ、僅かに大きくなった腹に竹筒の聴診器を当てた。

おたみが殴られた時、お腹の赤ん坊に悪い影響はなかったか……。

お鈴は心配した。

小さな鼓動が、竹筒の聴診器から微かに聞こえた。

赤ん坊に異常はない……。

お鈴は安心しながらも、おたみの身体に怪我を探した。

「お鈴さん、湯を沸かすのか」

新吾は、手桶に水を汲んで来た。

「お願いします」

「心得た」

新吾は、汲んで来た水を大鍋に入れ、竈の火種を熾して薪を焼べた。

火は燃え上がり、揺れた。

「お鈴さん、他に怪我は……」

「どうやら、ないようです」

お鈴は、吐息を洩らした。

「おたみ、誰に殴られたんだ」

新吾は尋ねた。

「殴られただなんて、躓いて転んだだけです」

おたみは哀しげに笑った。

「おたみ、亭主の矢吉、今、何処にいるんだ」

新吾は、厳しさを過ぎらせた。

「それが……」

おたみは、微かな怯えを滲ませて新吾の視線を避けた。

殴ったのは亭主の矢吉……。

新吾の勘が囁いた。

「おたみ、矢吉は何処だ……」

身籠もっている女房を殴るとは、許せるものではない……。

新吾は、厳しい面持ちで尋ねた。

「お酒を飲みに行きました」

おたみは、哀しげに項垂れた。

「酒だと……」

新吾は驚いた。

木戸番が、亥の刻四つ（午後十時）の町木戸を閉める前に酒を飲みに行くとは以ての外だ。

「何処の飲み屋か分るか……」

「きっと、裏通りの升やさんだと思います」

おたみは力なく告げた。

「升やだな……」

新吾は念を押した。

「はい……」

おたみは頷いた。

「お鈴さん、ちょいと一廻りして来てもいいかな」

「はい……」

お鈴は頷いた。

新吾は、木戸番屋を出た。

白山通りに行き交う人は少なかった。

新吾は、駒込片町の裏通りに入った。そして、飲み屋の『升や』を探した。

行く手から二人の職人がやって来た。

「少々尋ねるが……」

新吾は、二人の職人を呼び止めた。

「へい。何でございましょう」

「升やと申す飲み屋、何処にあるか知っているかな」

「へい。この先の路地を右に曲がった処にございます」

「そうか。造作を掛けたな」

新吾は礼を云い、飲み屋『升や』に急いだ。


飲み屋『升や』は、裏通りの路地を右に入った処にあった。

客たちの楽しげな笑い声が、『升や』から洩れていた。

新吾は、『升や』の腰高障子を開けて店に入った。

「いらっしゃい」

威勢良く迎えた若い衆が、黒紋付羽織に着流しの新吾に戸惑いを過ぎらせた。

「木戸番の矢吉はいるかな」

新吾は、若い衆に囁いた。

「へ、へい……」

若い衆は、雑多な客で賑わっている店の隅に一人でいる矢吉を示した。

「矢吉か……」

「へい」

若い衆は頷いた。

矢吉は客たちの賑わいに背を向け、疲れ切った様子で酒を飲んでいた。

何故、矢吉はおたみを殴ったのか……。

待ちに待った己の子を身籠もった女房のおたみを……。

新吾は分らなかった。

聞いてみるしかあるまい……。

「よし。酒を頼む」

「へい」

新吾は、若い衆に酒を注文して矢吉の許に行き、向かい側に座った。

矢吉は、暗い眼を向けた。

「駒込片町の木戸番の矢吉だな」

「へ、へい……」

矢吉は、暗い眼に微かな怯えを滲ませて膝を揃えた。

酒は飲んでいるが、余り酔ってはいない……。

新吾は睨んだ。

「私は北町奉行所の養生所見廻り同心、神代新吾だ」

「へい……」

矢吉は頭を下げた。

「おまちどおさま」

若い衆が、新吾の許に徳利と猪口を持って来た。

「おう」

新吾は、手酌で己の猪口を満たした。

「町木戸を閉める前に、酒を飲むのは感心しないな……」

「申し訳ございません」

矢吉は項垂れた。

そこには酔いの欠片もない。

酒に強いのか、飲んでも酔えない程の何かがあるのか……。

新吾は、矢吉に徳利を差し出した。

「神代さま……」

矢吉は困惑した。

「おかみさんも心配している」

新吾は告げた。

矢吉の顔に微かな怒りが過ぎった。

おたみが何をしたのだ……。

だが、今は怒りが何か問い質す時ではない。

新吾の勘が囁いた。

「ま、この一杯で終わりにするんだな」

新吾は微笑んだ。

「へ、へい……」

矢吉は、猪口を両手に持って差し出した。

新吾は、矢吉の猪口に酒を満たした。

「畏れいります」

「気にするな」

新吾は、手酌で酒を満たした猪口を翳した。

「戴きます」

新吾と矢吉は、猪口の酒を飲み干した。

新吾は、矢吉を伴って木戸番屋に戻った。

お鈴は、既におたみの診察を終えていた。

「お前さん……」

おたみは、矢吉に縋る眼差しを向けた。

「夜廻りに行って来る」

矢吉は、明かりを入れた提灯を腰に差し、拍子木を手にした。

「神代さま、お鈴先生、御造作をお掛けしました」

矢吉は、新吾とお鈴に深々と頭を下げて木戸番屋を出て行った。

「お前さん、気を付けて……」

おたみは、矢吉を見送った。

拍子木の音が甲高く鳴り、火の用心を促す矢吉の声が響いた。

おたみは見送った。

夜廻りに出掛ける矢吉を見送って十年の歳月が過ぎた。そして、ようやく望んでいた子供を授かった。

なのに……。

おたみの肩は、小刻みに震えた。

「何か分かりましたか……」

お鈴は、新吾に囁いた。

「焦りは禁物。そいつはこれからだよ」

「じゃあ……」

お鈴は眉をひそめた。

「今夜は、もう何もあるまい」

新吾は苦笑した。

「火の要心、戸締まり要心、さっしゃりましょう」

夜廻りをする矢吉の声と拍子木の音が、冬の夜空に響いていた。

湯島天神男坂下の飲み屋『布袋屋』は、冷たい隙間風に微かな音を鳴らしていた。

「駒込片町の木戸番か……」

手妻の浅吉は、手酌で酒を飲んだ。

「知っているのか……」

新吾は酒をすすった。

「ああ。あの通りは毎日のように通るからな」

「そうか……」

「あの木戸番、確か矢助さんって……」

「矢吉だ……」

新吾は遮った。

「その矢吉さん、実直な働き者でおかみさんを大事にしているって噂、聞いた覚えがあるが、何かあったのかな……」

「きっとな……」

新吾は頷いた。

「そいつが何かは、分からないか……」

浅吉は眉をひそめた。

「うん。気になるようだな」

「あっ、ああ。矢吉さんのおかみさん、知り合いに似ていてな……」

浅吉は酒を飲んだ。

「知り合い。誰だ……」

新吾は、浅吉の知り合いに興味を持った。

「いいだろう。何処の誰でも……」

浅吉は、手酌で猪口に酒を満たした。

「いや。よくない。ひょっとしたら矢吉のおかみさん、昔惚れた女にでも似ているのか」

新吾はからかった。

「そんなんじゃあねえ」

「じゃあ、誰に似ているんだ」

「餓鬼の頃、生き別れになった姉ちゃんだ」

浅吉は、猪口の酒を呷った。

「姉ちゃん……」

新吾は戸惑った。

「ああ。売られて行った姉ちゃんにな。尤も姉ちゃんも子供だったから、どんな女になったかは知らねえけど……」

浅吉は、己への嘲りを滲ませた。

「矢吉のおかみさん、その姉ちゃんに似ているのか……」

「分からねえ。本当は分からねえけど、俺は似ていると思っている」

浅吉は怒ったように云い、手酌で猪口に酒を満たして呷った。

「分からないけど、似ているか……」

新吾は、浅吉の哀しい昔の欠片を知った。

子供の時に生き別れになった姉は、おたみのように貧しくても幸せに暮らしていて欲しい。浅吉の秘めた願いは、忘れた姉の顔をおたみに似せていったのかもしれない。

浅吉の眼に微かな炎が揺れた。


亥の刻四つ（午後十時）。

町木戸の閉まる刻限が近付いた。町木戸は夜更けに通る怪しい者の出入りを警戒し、閉まった後は木戸番に頼んで潜り戸から出入りした。

浅吉は暗がりに佇み、駒込片町の木戸番屋を見守った。

木戸番屋から明かりが洩れていた。

浅吉は、新吾と別れて帰る途中、駒込片町を通った。そして、木戸番屋の明かりに眼を止めた。

矢吉とおたみはどうしている……。

浅吉は気になった。

木戸番屋からは、矢吉の怒声や争う声は聞こえず静かだった。

浅吉は、微かな安堵を覚えた。

それにしても矢吉は何故、おたみを殴ったのか……。

浅吉の疑問は募った。

二

近くの大圓寺の鐘が亥の刻四つを告げた。

町木戸の閉まる刻限だ。

矢吉が町木戸を閉めに出て来る……。

浅吉は、素早く町木戸を抜けて見守った。

木戸番屋の潜り戸が開き、矢吉が腰に提灯を差して出て来た。

浅吉は見守った。

矢吉は、町木戸を閉め始めた。

呼子笛が不意に夜空に鳴り響いた。

浅吉は眉をひそめた。

矢吉は緊張を浮べ、暗い町を見廻した。

次の瞬間、手拭で顔を隠した三人の浪人が路地から駆け出して来た。

矢吉は怯んだ。

「退け」

浪人たちは、怯んだ矢吉を突き飛ばした。

矢吉は、地面に激しく叩き付けられた。腰から提灯が落ちて燃え上がった。

三人の浪人は、閉まり掛けた木戸を次々と擦り抜けて行った。

拙い……。

矢吉は狼狽えた。

三人の浪人が何者か知らないが、お上に追われているのに間違いはない。そんな浪人たちが、町木戸を擦り抜けたのだ。その時、町木戸は亥の刻四つが過ぎても開いていた。

このままでは、どんな責めを取らされるか分からない……。

矢吉は、焦り混乱した。

どうする……。

矢吉は決めた。そして、夜道を駆け去って行く三人の浪人を追った。

浅吉は戸惑った。

何をする気だ……。

浅吉は、矢吉を追うしかなかった。

「お前さん……」

おたみが、怪訝な面持ちで木戸番屋から出て来て矢吉を捜した。しかし、閉め掛けられた町木戸の傍には、提灯が燃えているだけで矢吉はいなかった。

おたみは、不吉な予感に立ち尽くした。

呼子笛の音は、幾重にも重なりながら近付いて来た。


三人の浪人は、駒込片町の町木戸を抜けて白山前町に逃走した。

駒込片町の木戸番の矢吉は、三人の浪人を尾行した。だが、矢吉の尾行は、素人に毛の生えた程度のものだった。

危ねえ……。

浅吉は、矢吉の尾行に不安を感じた。

浪人たちに尾行を気付かれたら、矢吉の命はどうなるか分からない。

尾行が露見しないように祈るか、諦めて思い止まるか……。

浅吉は、密かに願うしかなかった。

三人の浪人は、白山前町から王子権現への道筋を進んだ。

矢吉は追った。

浅吉は、暗がりを進んだ。


岡っ引の本湊の半次は、北町奉行所定町廻り同心の風間鉄之助たちと本郷の通りで辻強盗の警戒に当たっていた。

辻強盗は、大店の主や金廻りの良さそうな者を襲い、斬り殺して金を奪う残忍な犯行を繰り返していた。

町木戸が閉まる亥の刻四つ前、辻強盗は本郷六丁目の寺の傍に現れた。

襲われた大店の旦那は、悲鳴を上げて逃げ廻った。

風間と半次たち岡っ引は、辻強盗の三人の浪人に猛然と迫った。

三人の浪人は逃走した。

亥の刻四つの鐘が鳴り始めた。

町木戸が閉まり、三人の浪人の行く手を阻む筈だ。

三人の浪人は、追分を白山通りに入って駒込片町に向かった。

半次や風間たちは追った。そして、駒込片町の町木戸に差し掛かった。町木戸は開いており、自身番の店番と番人や木戸番の女房が呆然と佇んでいた。

「木戸番は何処だ」

風間は叫んだ。

「それが、町木戸を破った者たちを追ったようでして……」

自身番の店番が、恐ろしげに告げた。

「何だと……」

風間は眉をひそめた。

「風間の旦那……」

岡っ引の本郷菊坂の彦市《ひこいち》が、風間の指示を待った。

「追え」

風間と岡っ引の彦市たちは、白山前町に走った。半次が続こうとした時、おたみが下腹を抱えて苦しそうに倒れ込んだ。

「どうした……」

半次は驚き、倒れたおたみを助け起した。

「おたみさん……」

自身番の店番と番人が、慌てておたみに駆け寄った。

おたみは、額に汗を滲ませて苦しげに呻いていた。

冷たい夜風が吹き抜け、町木戸が軋みを鳴らした。


駒込の寺町は静けさに包まれていた。

三人の浪人は、寺の長い土塀の間の路地を進んだ。

矢吉は追った。

拙い……。

長い土塀の間の路地には隠れる処がない。

浪人が振り向けば、矢吉の尾行は必ず露見する。

浅吉は焦った。

浪人たちは、長い土塀の間の路地を抜けて曲がった。

見失ってはならない……。

矢吉は慌てて追い、三人の浪人が曲がった長い土塀の角を曲がった。

浪人が、暗がりから矢吉に襲い掛かった。

矢吉は仰天し、慌てて逃げようとした。だが、周囲に残る二人の浪人が現れ、矢吉の逃げ道を塞いだ。

「おのれ、岡っ引か……」

浪人たちは、刀の柄を握り締めて矢吉に迫った。

矢吉は、土塀に追い詰められた。

「死ね……」

浪人の一人が、矢吉に抜き打ちの一刀を放った。

矢吉は、咄嗟に背を向けた。左の肩から血が飛んだ。

矢吉は苦しく呻き、よろめきながら必死に逃げようとした。

「止めだ」

浪人たちは、刀を構えて矢吉に殺到した。

刹那、浅吉が土塀の上から浪人の一人に飛び掛かり、その首を剃刀を仕込んだ手で横薙ぎに払った。

夜目にも鮮やかな血煙りが、浪人の首の血脈から噴きあがった。

浪人は苦しげに喉を鳴らしてもがき、残る二人の浪人が驚き怯んだ。

浅吉は、続いて両手を振って紙で作った小さな蝶を無数に放った。

目眩ましの手妻だ。

「おのれ……」

浪人たちは戸惑い、狼狽えた。

浅吉は、必死に逃げようとしている矢吉に肩を貸した。

「走れるか……」

「ああ……」

矢吉は、苦しげに頷いた。

「行くぞ」

浅吉は、矢吉に肩を貸して夜道を走った。

矢吉は、懸命に走った。だが、その足は次第に縺れ、意識を失った。

浅吉は、気を失った矢吉を担ぐようにして走り続けた。


朝の冷え込みは続いた。

新吾は白い息を吐き、白山通りを養生所に向かっていた。

矢吉とおたみ夫婦はどうしているのか……。

新吾は、駒込片町の木戸番屋を覗いてみる事にした。

木戸番屋は大戸を降ろしていた。

どうした……。

新吾は戸惑った。

「新吾さん……」

木戸番屋の前にいた男が声を掛けて来た。

新吾は、声を掛けて来た男が半次だと気付いた。

「半次の親分、矢吉とおたみがどうかしたのですか」

新吾は、大戸を降ろした木戸番屋を窺った。

「矢吉とおたみ、御存知なのですか」

「ええ。おたみはお鈴さんの患者です」

「じゃあ、身籠もっているんですか……」

半次は読んだ。

「ええ……」

新吾は頷いた。

「そうでしたか……」

半次は、思い当たる事でもあるように頷いた。

新吾は、不吉な予感に襲われた。

「半次の親分……」

「昨夜遅く、此処の町木戸が辻強盗の浪人共に破られましてね」

半次は囁いた。

「矢吉、怪我でもしたのですか……」

新吾は眉をひそめた。

「いいえ。どうやら辻強盗を追って行ったようでしてね。それっきりなんです」

「それで、おたみは……」

「そいつが、矢吉が心配の余り、具合が悪くなりましてね。昨夜の内に養生所に担ぎ込みましたが、きっと身籠もっているのも拘わりがあるんでしょうね」

「きっと。それで親分、辻強盗や矢吉の行方は分かったんですか」

「風間の旦那たちが、昨夜から追っているんですが、皆目……」

半次は、口惜しげに首を横に振った。

「手掛かりもないのですか……」

「ええ。駒込にある寺の土塀の傍に紙切れが散らばっているぐらいで、そいつも拘わりがあるかどうか……」

半次は吐息を洩らした。

「白い紙切れですか……」

「ええ……」

半次は頷いた。

「半次の親分……」

岡っ引の彦市の手先が駆け寄って来た。

「新吾さん、ちょいと失礼します」

「はい……」

「どうした……」

半次は手先に近寄った。

「へい。風間の旦那が、矢吉はまだ戻らねえかと……」

「まだだ……」

半次は、手先と話し始めた。

養生所に運ばれたおたみには、お鈴や本道医の小川良哲がいる。新吾が、慌てて駆け付けた処で大して役に立たない。

矢吉を捜す……。

新吾は、手先と話す半次を残して駒込の寺町に急いだ。

駒込の寺の境内からは、焚火の煙が揺らめき昇っていた。

新吾は、小さな紙切れが散っていた土塀を探した。紙切れは、長い土塀の間の路地に散らばっていた。

新吾は、小さな紙切れを拾って見た。

「やっぱりな……」

新吾は苦笑した。

小さな紙切れは、真ん中に捻りが加えられて蝶のようにも見えた。

浅吉の手妻の蝶……。

新吾は、小さな紙切れが何か知った。

昨夜、浅吉は新吾と別れた後、駒込片町の木戸番屋に来た。そして、辻強盗を追う矢吉を見たのだ。

浅吉は、迷いも躊躇いもなく辻強盗と矢吉を追った筈だ。

新吾は、小さな紙切れの落ちている場所を詳しく調べた。

血が草に霧のように散り、地面に黒く染み込んでいた。

斬り合いがあった……。

おそらく、浅吉は辻強盗と此処で闘ったのだ。

新吾は睨んだ。

そして、浅吉と矢吉はどうした……。

矢吉は、どうして木戸番屋に戻って来ないのだ……。

浅吉だ……。

矢吉が戻らない理由は、浅吉が知っている筈だ。だが、新吾は浅吉の家を今以て知らなかった。

新吾は、長い土塀の間の路地を見渡した。

路地に人影はなく、冬の寒さが吹き抜けているだけだった。

矢吉は眠り続けた。

斬られた左肩の傷は、幸いにも骨には届いていなかった。

昨夜、浅吉は意識を失った矢吉を己の家に担ぎ込んだ。そして、左肩の傷口を酒で洗って薬を塗り、晒しを固く巻いた。

浅吉は、矢吉が熱を出すと読んで熱冷ましの薬を煎じた。

矢吉を養生所に連れて行くべきだが、今は動かさない方が良い。

浅吉は、そう判断して矢吉の手当てをした。

子供の頃から見世物一座で軽業と手妻を仕込まれた浅吉は、数え切れない程の怪我をした。だが、医者に診せては貰えず、浅吉は自分で怪我の手当てをするしかなかった。

浅吉の怪我の手当ては、下手な町医者より適切であり、手際も良かった。

浅吉は、眠り続ける矢吉に出来上がった煎じ薬を含ませた。矢吉は、喉を動かして煎じ薬を僅かに飲んだ。

出来る限りの手当てはした……。

浅吉は、安堵の吐息を洩らした。同時に寒気を覚え、全身に緊張の汗が滲んでいるのに気付いた。

浅吉は、囲炉裏に粗朶を足して薪を焼べた。

炎が燃え上がって揺れた。

浅吉は、酒を温めて飲んだ。

朝になっても矢吉は、眼を覚まさず眠り続けていた。

浅吉は、矢吉の様子を診た。

熱は高くはないが出た。浅吉は、眠る矢吉に煎じ薬を飲ませ、傷の具合を診た。

傷は綺麗なままだった。

どうにか大丈夫だ……。

浅吉はそう判断し、晒しを新しい物に替えた。


小川良哲とお鈴は、おたみを女病人部屋に入れて様子を診ていた。

おたみは、担ぎ込まれた時には脂汗を浮べて息を荒く鳴らしていたが、一晩過ぎると落ち着きを取り戻した。

「先生……」

「うん。亭主の矢吉が心配の余り、倒れたのだろう」

良哲は吐息を洩らした。

「お腹の赤ん坊、大丈夫でしょうか……」

お鈴は、心配そうに眉をひそめた。

「今の処は大丈夫だが……」

良哲は言葉を濁した。

お鈴は、良哲の濁した言葉に気付いていた。

矢吉の消息次第では、流産する危険は残っている。

一刻も早く、新吾に矢吉を捜して貰うしかない……。

お鈴は、新吾の来るのを待ちわびた。だが、新吾は中々来なかった。

お鈴は、微かな苛立ちを覚えずにはいられなかった。

養生所に患者たちが訪れ、忙しい一日が始まっていた。


白山前町からは、千駄木、板橋、王子などに続く道が伸びている。

新吾は、白山前町の自身番に立ち寄り、不審な浪人がいないかどうか尋ねた。

自身番の店番や番人は、寺の家作に迄は眼が行き届いていなかった。新吾は、続いて自身番の向かいにある木戸番屋を尋ねた。

白山前町の木戸番の仙八《せんぱち》は、昨夜遅く風間たちを案内して町と寺の周辺を探った。だが、辻強盗の浪人者は、見つからなかった。

「そうか、何処にもいなかったか……」

「へい。ですが、寺は御寺社の御支配。庫裏や家作の中まで踏み込めませんからねえ」

仙八は嘲りを過ぎらせた。嘲りは、同心の風間の探索の甘さに対するものだった。

新吾は、風間が探索に手を抜くと云う評判があるのを思い出した。

「不審な寺、あるのか……」

「へい。生臭坊主の寺がね……」

「そいつは、何処の何て寺だ……」

新吾は勢い込んだ。

三

浪人の土田徳次郎《つちだとくじろう》は死んだ。

仲間の金子市之助《かねこいちのすけ》と目黒辰之進《めぐろたつのしん》は、土田の死体を妙賢寺の荒れ放題の墓地に埋め、住職の浄空《じょうくう》に経を読ませた。浄空は、酒臭い息で疎覚えの経を読んだ。

埋葬が終わり、金子と目黒は浄空と共に庫裏に戻った。

「さあ、酒だ。弔い酒だ」

浄空は、囲炉裏端に座って嬉しげに酒を飲み始めた。

「生臭坊主が……」

金子は吐き棄てた。

妙賢寺は住職の浄空が酒浸りになり、檀家も離れて荒れ放題になっていた。浪人の金子たちは、浄空に金を渡して自分たちの棲家にした。

「それより金子。これからどうする」

目黒は、戸惑いを滲ませた。

「こんな寺でも、町方の手の及ばねえ寺は寺だ。暫く潜んでほとぼりを冷ますさ」

金子は、狡猾な笑みを浮べた。

「大丈夫か……」

目黒は、不安を過ぎらせた。

「下手に逃げ廻って眼を付けられたらお仕舞いだ。今は大人しくしているのが一番だぜ」

金子は、一升徳利の酒を湯呑茶碗に注いで飲んだ。

「そうか……」

目黒は、金子に倣って一升徳利の酒を湯呑茶碗に注いだ。一升徳利の口が、湯呑茶碗に小刻みに当って小さな音を立てた。


白山前町の妙賢寺……。

新吾は、荒れた古寺の扁額を見上げ、境内を窺った。

境内は掃除もされずに草も伸び、まるで無人の荒れ寺だった。

住職の浄空は、酒に溺れる生臭坊主であり、お尋ね者を匿って金を稼いでいるとの噂があった。

新吾は、妙賢寺の周囲を廻って様子を窺った。

狭い裏庭に家作はなく、母屋の屋根や雨戸は破れたり割れたりしていた。

辻強盗の浪人は、妙賢寺に潜んでいるのかもしれない……。

新吾は睨んだ。


冬の陽は、閉められた障子に揺れる木の枝の影を映していた。

矢吉は、眼を覚ました。そして、周囲を見廻して左肩に激痛を覚え、小さな悲鳴を洩らした。

「眼が覚めたか……」

浅吉は、隣の居間の囲炉裏端から立ち上がり、座敷に寝ている矢吉の傍に来た。

矢吉は、起き上がろうとして顔を歪めた。

「まだ寝ていた方が良い」

浅吉は小さく笑った。

「ありがとうございました」

矢吉は、浅吉に助けてくれた礼を告げた。

「礼には及ばねえ……」

「あっしは、駒込片町の木戸番の……」

「矢吉さんだね」

浅吉は遮った。

矢吉は、微かな警戒を滲ませた。

「俺は浅吉って者でね。養生所の神代新吾さんの知り合いだ」

「神代さまの……」

「ああ……」

「そうでしたか……」

矢吉の顔から警戒が消えた。

「左の肩を斬られたが、骨は無事だよ」

「良かった……」

矢吉は、安堵の吐息を洩らした。

「だが、傷口が塞がる迄、動かない方がいい」

「ですが……」

「おかみさんが心配しているだろう。無事でいると報せておくから安心しな」

「心配なんかしちゃあいませんよ……」

矢吉は、疲れたように眼を瞑った。

「どうかしたのか……」

浅吉は眉をひそめた。

「何でもありません」

矢吉は、眼を瞑ったままだった。それは、女房のおたみの事は話したくないと云う意思表示だった。

浅吉は、話を無理強いしなかった。

障子に映る木の枝の影に小鳥が止まり、甲高く囀り始めた。

「白山前町の妙賢寺ですか……」

半次は眉をひそめた。

「ええ。浄空って酒浸りの生臭坊主の寺でしてね。お尋ね者を金で匿うそうですよ」

新吾は、白山前町の木戸番仙八に聞いた情報を教えた。

「それはそれは……」

「風間さん、妙賢寺について何も云っていないのですか」

新吾は囁いた。

「ま、噂の通りの旦那って事ですよ」

半次は苦笑した。

「で、どうします」

「生臭坊主の荒れ寺でも御寺社の御支配です。確かな証拠を押さえない限り、踏み込めません。暫く見張ってみますよ」

「そうしてくれますか……」

「ええ。任せて下さい」

　半次は頷いた。


　白山権現の境内は、冬の寒さに参拝客もなく閑散としていた。

　新吾は、境内を通り抜けて養生所に向かった。

　浅吉が、行く手からやって来た。

「やあ……」

「矢吉の事、聞いたか」

「うん。お前の処にいるのか」

　新吾は訊いた。

「良く分ったな」

　浅吉は、微かな戸惑いを浮べた。

「手妻の蝶だよ」

　新吾は、袂から小さな紙切れを出して吹き飛ばした。小さな紙切れは、舞いもせず地面に落ちた。

「そいつじゃあ、見物料は取れねえな」

浅吉は苦笑した。

「矢吉、斬られたのか……」

「ああ、左の肩をな。だが、命に別状はねえ」

「そいつは良かった」

「で、おかみさんに報せに来た」

「おたみは養生所だ」

「養生所……」

浅吉は眉をひそめた。

「矢吉を心配して倒れたそうだ」

「そうか……」

「行こう」

新吾は、浅吉を促した。

浅吉は頷き、新吾に続いた。

風邪の流行も一段落着いたのか、養生所に来る通いの患者は僅かに減った。

養生所の病人部屋は、暖かさと薬湯の匂いが満ちていた。

おたみは、疲れ果てたように蒲団に横たわっていた。

浅吉は、亭主の矢吉が怪我をしたが無事であり、動かない方が良い容態なのを伝えた。

「良かった……」

おたみは眼を瞑った。

目尻から涙が溢れて零れた。

新吾と浅吉は、お鈴の立合いでおたみに矢吉の無事を伝えた。

「矢吉さんと、何があったんだい……」

浅吉は、心配げに尋ねた。

新吾は思い出した。

おたみは、子供の頃に生き別れになった姉に似ている……。

新吾は、浅吉がそう云ったのを思い出した。

浅吉の心配する声には、真剣さが籠もっていた。

「矢吉、赤ん坊が自分の子供じゃあないと思っているんです」

おたみは、哀しげに告げた。

「そんな……」

お鈴は、言葉を失った。

浅吉は、僅かに顔色を変えた。

「赤ん坊は矢吉の子です。矢吉と私の間にようやく出来た赤ん坊なんです」

おたみは、顔を覆ってすすり泣いた。

「矢吉さん、どうしてそんな事を言い出したんだい」

浅吉の声には、微かな怒りが含まれていた。

「二、三日前でしたか、店に本郷菊坂の彦市親分さんがお寄りになり、いろいろ世間話をしてお帰りになってから……」

おたみは、零れる涙を拭った。

「矢吉さん、赤ん坊は自分の子じゃあねえと云いだしたのかい」

「誰の子だと訊いて来たんです。私は驚きました。お前さんと私の子だと云いました。そうしたら……」

「矢吉さん、殴ったのですね」

お鈴は眉をひそめた。

「はい。そして飲み屋に……」

おたみは、涙を零し続けた。

「矢吉、岡っ引の本郷菊坂の彦市と話しをしてからおかしくなったのか……」

新吾は眉をひそめた。

彦市は、矢吉に何を云ったのか……。

新吾は思いを巡らせた。

「おたみさん、菊坂の彦市とは何か拘わりがあるのかい」

浅吉は、おたみに厳しい眼を向けた。

「私、若い頃、下谷広小路の越之屋って呉服屋に奉公していまして、彦市親分さんは越之屋に出入りしていました。それで顔見知りだっただけです」

「本当に……」

浅吉は念を押した。

「はい……」

おたみは、涙を拭って頷いた。

浅吉は立ち上がった。

「浅吉……」

新吾は戸惑った。

浅吉は、女病人部屋を素早く出た。

「待て、浅吉……」

新吾は呼び止めた。だが、浅吉は新吾を無視して出て行った。

「新吾さん……」

お鈴は困惑した。

「うん……」

新吾は、浅吉を追って女病人部屋を出た。

養生所の門前には、五郎八が門番に就いていた。

「五郎八、浅吉はどっちに行った」

新吾は、五郎八に尋ねた。

「へい。権現さまの方に……」

「分かった」

新吾は追った。だが、白山権現の何処にも浅吉の姿は見えなかった。

白山前町の妙賢寺には、出入りする者もいなかった。

半次は、斜向かいの寺の境内から見張った。

「酷い寺だな」

役者崩れの鶴次郎は、眉をひそめながら半次に並んだ。

半次は、妙賢寺に来る前に半兵衛に手紙を書き、自身番の番人に届けて貰った。

手紙には、新吾に聞いた話と鶴次郎を寄越すように書いた。

「来てくれたか……」

「ああ。それで、辻強盗の浪人共は妙賢寺にいるのか……」

鶴次郎は、妙賢寺を窺った。

「そいつが、まだ確かめられないんだな」

半次は、苛立たしげに告げた。

「そうか。処で半兵衛の旦那が心配しているんだが、風間の旦那はどうだ」

「相変わらずだぜ」

半次は苦笑した。

「だろうな」

鶴次郎は鼻先で笑った。

「で、今は何をしているんだ」

「菊坂の彦市親分と、浪人どもが集まる場末の飲み屋や飯屋を調べている」

「妙賢寺の事は教えたのか……」

「ああ。地道な見張りなんぞは、性に合わねえから任せてくれるそうだ」

「ありがてえ話だな」

鶴次郎は呆れた。

「まあな……」

「よし、交代するぜ」

「じゃあ、俺は一廻りしてくるよ」

「ああ……」

半次は、鶴次郎と見張りを交代して聞き込みに出て行った。

鶴次郎は、妙賢寺の見張りに付いた。


板戸が開けられ、冬の陽が土間に差し込んだ。

浅吉は、素早く入って板戸を閉めた。そして、囲炉裏のある居間から矢吉の寝ている座敷に上がった。

矢吉は、障子越しの柔らかな陽を浴びて眠っていた。浅吉は、矢吉の額の熱を診た。熱は下がり、僅かに高いだけだった。

「矢吉さん……」

浅吉は矢吉を起した。

「ああ、浅吉さんですか……」

矢吉は眼を覚ました。

「熱冷ましの煎じ薬だ」

浅吉は、矢吉に煎じ薬を飲ませた。

「すみません」

矢吉は詫びた。

「気にしなくていい。それより矢吉さん、本郷菊坂の彦市、お前さんに何を云ったんだい」

浅吉は、矢吉に厳しい眼差しを向けた。

「浅吉さん……」

矢吉は、戸惑いを浮べた。

「彦市は、何て云ったんだい……」

浅吉は、矢吉を見据えた。

「それは……」

矢吉は躊躇った。

「おかみさんが身籠もった子の父親、お前さんじゃあねえとでも云ったのかい」

浅吉は、厳しい面持ちで単刀直入に訊いた。

矢吉は、思わず浅吉を睨み付けた。

「どうやら、そんな処だね」

浅吉は見定めた。

矢吉は項垂れた。

「詳しく教えちゃあくれねえか……」

「彦市親分、おたみは下谷の呉服屋の越之屋さんの台所女中だった頃、そりゃあもう男に持てて、いつも口説かれていたと……」

「何だと……」

浅吉は、矢吉の知らない昔の話を面白可笑しく云う彦市に腹立たしさを覚えた。

「それで、今でも男に持てて、あっしが夜廻りに行っている間、時々男が出入りをしていると……」

「彦市、そんな事を云ったのか……」

「はい。それから言い過ぎたと思ったのか、道を聞きに寄ったか、買い物に来た客かもしれないと言い繕って笑ったんです」

矢吉は、口惜しげに顔を歪ませた。

彦市は言い繕った。だが、その言葉は、矢吉の中に黒い澱のように溜った。

岡っ引の本郷菊坂の彦市……。

浅吉は、憎悪を覚えずにはいられなかった。

四

妙賢寺には数人の浪人がいる。

半次は、妙賢寺に出入りしている酒屋の手代から聞き出した。

その浪人たちが辻強盗なのか……。

浪人たちは、妙賢寺の外に出て来る事はなかった。

「妙賢寺に隠れて、ほとぼりを冷ます気かもしれないな」

半次は、微かな苛立ちを過ぎらせた。

百姓の老爺が、野菜を入れた竹籠を背負ってのんびりとやって来た。

「よし。ちょいと覗いて来るか……」

鶴次郎は、やって来る野菜売りの百姓の老爺に駆け寄った。

妙賢寺の庫裏には酒の匂いが漂っていた。

浪人の金子市之助と目黒辰之進は、囲炉裏端で住職の浄空と酒を飲むしかなかった。

腰高障子が小さく叩かれた。

「目黒……」

金子は、目黒を促して物陰に隠れた。

「どなたかな……」

浄空は、酒に濁った眼を腰高障子に向けた。

「へい。野菜売りにございます」

「野菜売りか……」

浄空は、土間に降りて腰高障子を開けた。

菅笠を被った鶴次郎が、野菜の入った竹籠を降ろしていた。

「野菜、何があるんだ」

「へい。大根に里芋、それから畑の傍の池で獲った鯉なんかどうですかい」

鶴次郎は、竹籠から鯉を出して見せた。

「こいつは美味そうだな」

「へい。鍋にしても良いですよ」

「そいつはいいな」

浄空は、酔った眼を細めた。

生臭坊主が……。

鶴次郎は、腹の中で嘲笑した。

「金子さん、目黒さん、鯉、食べるか」

浄空は、庫裏の奥に呼び掛けた。

「鯉か……」

金子と目黒は、訪れたのが野菜売りの百姓だと知って奥から出て来た。

「ああ。どうだ金子さん、大根や芋と一緒に煮ても美味いぞ」

浄空は、涎を垂らさんばかりに鯉を見せた。

「うむ……」

金子は頷いた。

残るもう一人の浪人は目黒……。

鶴次郎は、二人の浪人の名を知った。

鶴次郎は、野菜売りの老百姓に野菜の入った竹籠や菅笠を返した。

「それで、こいつが鯉と大根のお代だ」

鶴次郎は、百姓の老爺に小粒を渡した。

「こいつは多いよ」

老爺は戸惑った。

「なあに、籠や笠の借り賃も込みだぜ」

鶴次郎は笑った。

「商売をして貰った上にいろいろ済まないな」

百姓の老爺は竹籠を背負い、嬉しそうに小粒を握り締めて立ち去った。

「浪人、いたか」

半次は尋ねた。

「ああ。金子と目黒ってのがな」

「二人か……」

「ああ。辻強盗は三人だったな」

「うん。後一人いる筈だが……」

半次は、残るもう一人の浪人土田徳次郎が浅吉に殺されたのを知らなかった。

「もう暫く見張ってみるか……」

「ああ……」

半次と鶴次郎は、妙賢寺の見張りを続けた。


新吾は、湯気の昇る茶を差し出した。

「どうぞ……」

「造作を掛けるね」

白縫半兵衛は、新吾に詳しい話を聞きに養生所を訪れた。

「そうですか、鶴次郎さんが妙賢寺に行ったのですか……」

「うん。それで新吾、木戸番の矢吉は無事なんだね」

半兵衛は、熱い茶をすすった。

「はい。左肩を斬られたそうですが、命に別状はなく、傷口が塞がる迄、動かさないで置くと……」

「そうか……」

「処で半兵衛さん、岡っ引の本郷菊坂の彦市ってのは、どんな奴ですか……」

「彦市か……」

「はい」

「風間が便利に使っている奴でな。大店は無論、小さな店からも用心棒代を取っているとの噂だ」

「そんな奴ですか……」

「うん。風間に彦市から十手を取り上げろと云っているんだが。彦市、どうかしたのか」

「実は……」

新吾は、おたみに聞いた話をした。

「矢吉、彦市に逢ってから急に態度がおかしくなったのか……」

半兵衛は茶をすすった。

「はい。彦市、おそらく矢吉に何か吹き込んだのです」

新吾は、怒りを滲ませた。

「うん。で、おたみの具合はどうなんだい」

「良哲の見立てでは、ようやく落ち着いたが、いつ又おかしくなるか分からないそうです」

「流産しそうなのか……」

半兵衛は眉をひそめた。

その昔、半兵衛の妻は難産の末、子供と共に死んだ。半兵衛は、激しい衝撃を受けて己を見失った。その時、半兵衛の面倒を見てくれたのが新吾の両親だった。

「はい」

新吾は頷いた。

「赤ん坊、無事に産まれるといいな」

半兵衛は、冷たくなった茶を飲み干した。

「はい」

「処で新吾。浅吉、浪人を三人も相手にして良く矢吉を助けられたな」

半兵衛の眼が僅かに輝いた。

「浅吉は剃刀を使います。おそらく手妻の早業で眼を眩まして……」

「じゃあ、浪人にも怪我人がいるのかな」

「もし、首の血脈を斬り飛ばしていたら……」

「死んでいるかもしれないか……」

半兵衛は、厳しさを滲ませた。

「はい」

新吾は頷いた。

「浅吉は何処にいる」

「それが、岡っ引の彦市が矢吉に何を云ったのか、確かめに行ったままなんです」

新吾は、心配げに眉をひそめた。

「新吾、辻強盗の浪人はともかく、岡っ引を殺ったら何かと面倒だよ」

半兵衛は静かに告げた。

「分かりました……」

「浅吉の住まいは……」

「そいつが知らないのです」

「じゃあ、どうする」

「彦市に張り付いてみます」

浅吉は、彦市の前に必ず現れる。

新吾はそう読み、岡っ引の彦市に張り付く事にした。

「それしかあるまい……」

半兵衛は頷いた。

「はい」

「それにしても新吾。浅吉、何故そこまで矢吉たちに気を入れるんだい」

「おたみ、浅吉が子供の頃に生き別れた姉に良く似ているそうです」

新吾は告げた。

「成る程、そう云う事か……」

半兵衛は頷いた。

「浅吉にもいろいろあるようです……」

浅吉が己と昔の事を滅多に語らないのには、深い哀しみが秘められている。

新吾は気付いていた。

辻強盗を働いた浪人たちの足取りは、中々摑めなかった。

風間鉄之助は、岡っ引の彦市たちと賭場や飲み屋に探りを入れ続けた。

浅吉は、彦市を密かに見張った。

ある事ない事、出鱈目を云いやがって……。

浅吉は、矢吉とおたみ夫婦に亀裂を入れた彦市を憎み、怒りを燃やした。

許せねえ……。

だが、同心の風間と一緒にいる限り、迂闊に手出しは出来ない。

一人になるのを待つしかない……。

浅吉は、彦市を見張った。


妙賢寺は静けさに包まれていた。

半次と鶴次郎は、交代で見張り続けた。だが、金子や目黒が外に出て来る事はなく、三人目の浪人も姿を見せなかった。

「御苦労だね」

半兵衛が、半次と鶴次郎の張り込む境内に現れた。

「こりゃあ旦那……」

半次と鶴次郎は迎えた。

「どうだ。浪人はいたかな……」

半兵衛は、斜向かいの妙賢寺を眺めた。

「金子と目黒と云う名の二人の浪人は見定めましたが、残る一人が……」

鶴次郎は、微かな苛立ちを見せた。

「分からないか……」

「はい」

鶴次郎は頷いた。

「三人目の浪人、ひょっとしたらもうこの世にいないのかもしれないな」

半兵衛は眉をひそめた。

「旦那……」

半次と鶴次郎は戸惑った。

「浅吉が木戸番の矢吉を助けた時、浪人の一人を殺ったかもしれないよ」

「浅吉が……」

半次と鶴次郎は、思わず顔を見合わせた。

「うん。ま、相手は木戸番を殺めようとした辻強盗だ。もし、浅吉が殺っていたとしても咎められる事はあるまい」

半兵衛は小さく笑った。

「じゃあ、辻強盗の浪人、今は二人かも……」

半次は身を乗り出した。

「うん……」

半兵衛は頷いた。

「旦那……」

「浪人の金子と目黒に問い質してみるか……」

半兵衛は、厳しさを過ぎらせた。

「御寺社の方は大丈夫ですか……」

半次は心配した。

「そいつは、後で何とかするさ」

半兵衛は苦笑した。

「じゃあ……」

半次と鶴次郎は、喉を鳴らして頷いた。

囲炉裏に掛けられた鍋では、大根や里芋、ぶつ切りにされた鯉が煮込まれていた。

金子と目黒は、住職の浄空と鯉や大根を肴に酒を飲み続けた。

心張棒の掛けられた腰高障子が叩かれ、半兵衛の影が映った。

「何方だ……」

浄空は、囲炉裏端に座ったまま酒に濡れた口で怒鳴った。

「北町奉行所の者だが、金子と目黒に訊きたい事があってね」

金子と目黒は、自分たちの名前を告げられて弾かれたように立ち上がった。

同時に腰高障子が蹴破られ、心張棒が土間に転がった。

金子と目黒は身構えた。

半兵衛が入って来た。

「金子と目黒だね……」

半兵衛は、金子と目黒を見据えた。

「此処は寺だ。町方に踏み込まれる謂われはない」

浄空は、酔いに任せて居丈高に怒鳴った。

「浄空、だったら寺社方に訴え出るがいい」

半兵衛は笑った。

浄空は怯んだ。

酒浸りで咎人を金で匿う浄空が、寺社奉行に訴え出られる筈はない。

「おのれ……」

金子は顔を歪めた。

「お前さんたち、本郷界隈で辻強盗を働いているね」

半兵衛は、見透かしたように告げた。

次の瞬間、目黒が庫裏の奥に逃げた。だが、奥から半次と鶴次郎が現れ、逃げる目黒に襲い掛かった。

目黒に刀を抜く間はなかった。

半次と鶴次郎に容赦はなく、目黒を十手で滅多打ちにした。

目黒は、悲鳴を上げて転げ廻った。

「どうやら、辻強盗に間違いないようだね」

半兵衛は嘲笑った。

「おのれ……」

金子は、刀を抜き払った。

刹那、半兵衛は腰を沈めて抜き打ちの一刀を放った。

金子の刀が音を立てて落ちた。

田宮流抜刀術の見事な一刀だった。

金子は、斬られて血の流れる手を押さえて立ち尽くした。

「もう一人は何処にいる」

半兵衛は、金子を穏やかに見据えた。

「墓地だ。首を斬られて死んだので墓地の隅に埋めた……」

金子は、平凡な中年親父の半兵衛に得体の知れぬ恐怖を感じた。

もう一人の浪人は、新吾と半兵衛の睨み通りに死んでいた。

「やっぱりね……」

半兵衛は、苦い笑みを浮べた。

囲炉裏に掛けられた鍋は、音をたてて煮詰まり始めた。

本郷一帯に出没した辻強盗の一件は落着した。

半兵衛は、お縄にした金子市之助と目黒辰之進を風間鉄之助に引き渡した。

風間は、金子と目黒を茅場町の大番屋に引き立て、拷問も辞さない厳しい取り調べを始めた。

岡っ引の彦市の暮らす仕舞屋は、本郷菊坂町の裏通りにあった。

彦市は、同心の風間や他の岡っ引たちと別れ、本郷菊坂町の仕舞屋に戻った。

菊坂町の仕舞屋には彦市の女房と飯炊きの婆さんがおり、下っ引や手先たちは近くの長屋に住んでいた。

三人暮らし……。

浅吉は、彦市の住む仕舞屋を暗い眼差しで見据えた。

彦市を押さえるには、一人の時を狙うしかない……。

浅吉は思いを巡らせた。


陽は西に大きく傾いた。

浅吉は、彦市の仕舞屋を訪れた。

「なんだい……」

彦市は、酒の匂いを漂わせて現れた。

「へい。風間さまが急ぎ大番屋に来てくれと仰っています」

「風間さまが……」

浅吉は、大番屋の小者を装った。

彦市は戸惑った。

「へい……」

「どうかしたのかい」

彦市は眉をひそめた。

「さあ、手前にそこ迄は……」

浅吉は首を捻った。

「分かった。すぐ仕度するぜ」

彦市は、着替えに奥に入った。

浅吉は、小さな嘲りを滲ませて見送った。

浅吉と彦市は、夕暮れの菊坂町を本郷の通りに急いだ。

行く手に閻魔堂が見え、周囲に人影はなかった。

今だ……。

浅吉は、彦市の首筋に剃刀を突き付けた。

「何をしやがる」

彦市は驚き、狼狽えた。

「首の血脈を斬られたくなけりゃあ、大人しくしな」

浅吉は、彦市を閻魔堂に連れ込み、一本の麻縄で首と手足を素早く縛り上げた。

逃れようと手足を動かせば、首が絞まる縛り方だった。

彦市は、苦しく顔を歪めた。

「下手に動けば、手前で手前の首を絞める事になるぜ」

浅吉は嘲笑した。

「手前……」

彦市は、醜く顔を歪めた。

塗りの剝げた閻魔像は、差し込む夕日に赤く染まっていた。

「彦市、手前、木戸番の矢吉さんに何を云ったんだ」

「矢吉に……」

彦市は戸惑った。

「ああ……」

「俺が矢吉に何を云ったと云うんだ」

彦市は眉をひそめた。

「惚けるんじゃあねえ……」

浅吉は、彦市の右頰に剃刀の刃を滑らせた。

右頰に痒みが走り、生暖かい血が湧くように溢れた。

「本当だ。惚けちゃあいねえ」

彦市は、恐怖に震え出した。

忘れている……。

彦市にしてみれば、矢吉とおたみの事などどうでも良いのだ。

浅吉は、怒りを覚えた。

「手前、おたみさんに男が言い寄っているとか、腹の中の子がどうしたとか、矢吉さんに云ったそうだな」

「えっ……」

彦市は唖然とした。

「云った覚え、ないとは云わせねえぜ」

浅吉は、その手に剃刀を閃かせた。剃刀は青白い輝きを放った。

「冗談だ。ありゃあ、矢吉をからかっただけの冗談だ」

彦市は、慌てて言い訳をした。

「冗談だと……」

「ああ。出鱈目の冗談だ」

彦市は、顔を強張らせて必死に笑った。

「そうか、出鱈目の冗談か……」

浅吉の暗い眼に殺意が浮かんだ。

彦市の出鱈目の冗談で、矢吉とおたみ夫婦は苦しみ哀しんでいるのだ。

「彦市、質の悪い出鱈目の冗談は、命取りになると良く覚えておくんだな」

浅吉は、彦市の右頬に剃刀を走らせた。

「止めてくれ……」

彦市は声を嗄らし、恐怖に激しく震えた。

血と小便の匂いが漂った。

閻魔堂の外は夕暮れに染まった。

彦市はすすり泣いた。

浅吉は、すすり泣く彦市の髷を摑んで顔を仰向けにした。そして、引き攣る喉に剃刀の刃を当てた。

彦市は、恥も外聞もなく血と涙で両頬を汚して泣いた。

外道……。

浅吉は、彦市の喉に当てた剃刀を横に引こうとした。

刹那、新吾が現れて浅吉の剃刀を持つ手を押さえた。

浅吉は、微かに怯んだ。そして、新吾の手を振り払おうとした。

「止めろ。これ迄だ」

新吾は、必死に押さえた。

「許せねえ。こんな外道は許せねえ……」

浅吉は、彦市の喉を斬り裂こうとした。

「助けて、助けてくれ」

彦市は許しを乞い、声をあげて無様に泣き出した。幼い子供のように手放しで泣いた。

惨めな野郎……。

浅吉は、泣きじゃくる彦市を呆れたように見つめた。暗い眼から殺意が消え、剃刀が降ろされた。

新吾は、浅吉の腕から手を離した。

「彦市はそれなりに仕置される。お前は矢吉に本当の事を教えてやるんだ」

「ああ……」

浅吉は、剃刀を持つ手を閃かせた。

剃刀は、夕暮れに微かに輝いた。

新吾は息を飲んだ。

彦市は、恐怖に気を失って前のめりに倒れた。髷が切り落とされ、床に転がった。

浅吉は、閻魔堂を出て行った。

新吾は、安堵の吐息を深々と洩らした。

閻魔堂は夕暮れに包まれ、閻魔像は夜の闇に沈み始めた。

浅吉は、矢吉にすべてを話した。

岡っ引の本郷菊坂の彦市の話は、何もかも出鱈目の冗談だと告げた。

「出鱈目……」

矢吉は呆然とした。

「ああ……」

「そうですか、出鱈目だったんですか……」

「馬鹿な外道の出鱈目でおかみさんを泣かしちゃあならねえ」

浅吉は矢吉を諭した。

「でも、あんな奴の出鱈目の種にされたおたみにも隙が……」

「矢吉さん、あんな奴の出鱈目を真に受けたお前さんはどうなんだ」

浅吉は、厳しさを過ぎらせた。

矢吉は、言葉もなく項垂れた。

浅吉は、矢吉を養生所に連れて行った。

外科医の大木俊道は、矢吉の傷を診察して浅吉の手当てを褒めた。

矢吉は、病人部屋にいるおたみに逢って詫びた。

おたみは、泣いて喜んだ。

北町奉行所吟味方与力の大久保忠左衛門《おおくぼちゅうざえもん》は、定町廻り同心の風間鉄之助を呼んだ。そして、岡っ引の彦市から十手を取り上げるよう、筋張った細い首を伸ばして命じた。風間は、否応なく頷いて引き下がった。

「これで良いか、新吾」

忠左衛門は、用部屋で待っていた新吾に怒ったように訊いた。

「はい。ありがとうございます」

新吾は、深々と頭を下げた。

本郷菊坂の彦市は、十手を取り上げられて姿を消した。

木戸番の矢吉とおたみ夫婦は、駒込片町の木戸番屋に戻った。

流産の危機から脱したおたみの腹は大きくなり、矢吉は町木戸の管理と夜廻りに精を出した。

「火の要心、さっしゃりましょう……」

矢吉の声と拍子木の音は、夜風に乗って町内に響いた。

夜風に春の香りが仄かに含まれ、桃の花の蕾が膨らみ始めた。

春は近い……。

文春文庫

養生所《ようじょうしょ》見廻《みまわ》り同心《どうしん》 神代新吾《かみしろしんご》事件覚《じけんおぼえ》

定価はカバーに表示してあります

人《にん》相《そう》書《がき》

2012年4月10日 第1刷

著 者 藤《ふじ》井《い》邦《くに》夫《お》
発行者 村上和宏
発行所 株式会社 文藝春秋

東京都千代田区紀尾井町 3-23 〒102-8008
TEL 03・3265・1211
文藝春秋ホームページ http://www.bunshun.co.jp

落丁、乱丁本は、お手数ですが小社製作部宛お送り下さい。送料小社負担でお取替致します。

印刷・大日本印刷 製本・加藤製本

Printed in Japan
ISBN978-4-16-780507-4

神代新吾

藤井邦夫の本——書き下ろし時代小説

事件覚

シリーズ

南蛮一品流捕縛術の使い手、養生所見廻りの若き同心が知らぬが半兵衛、手妻の浅吉、柳橋の弥平次らと共に事件に出会い、悩み成長していく姿を描く！

文春文庫
大好評
発売中!